沉淪

郁達夫小説選

郁達夫——著

DROWNING/ SELECTED NOVELS OF YU DAFU

:: 目錄 ::

沉淪

一

他近來覺得孤冷得可憐。

他的早熟的性情，竟把他擠到與世人絕不相容的境地去，世人與他的中間介在的那一道屏障，愈築愈高了。

天氣一天一天的清涼起來，他的學校開學之後，已經快半個月了。那一天正是九月的二十二日。

晴天一碧，萬里無雲，終古常新的皎日，依舊在她的軌道上，一程一程的在那裡行走。從南方吹來的微風，同醒酒的瓊漿一般，帶著一種香氣，一陣陣的拂上面來。在黃蒼未熟的稻田中間，在彎曲同白線似的鄉間的官道上面，他一個人手裡捧了一本六寸長的Wordsworth①的詩集，盡在那裡緩緩的獨步。在這大平原內，四面並無人影；不知從何處飛來的一聲兩聲的遠吠聲。悠悠揚揚的傳到他耳膜上來。他眼睛離開了書，同做夢似的向有犬吠聲的地方看去，但看見了一叢雜樹，幾處人家，同魚鱗似的屋瓦上，有一層薄薄的蜃氣樓，同輕紗似的，在那裡飄蕩。

「Oh, you serene gossamer! You beautiful gossamer!」②

這樣的叫了一聲，他的眼睛裡就湧出了兩行清淚來，他自己也不知道是什麼緣故。

呆呆的看了好久，他忽然覺得背上有一陣紫色的氣息吹來，「息索」的一響，道旁的一枝小草，竟把他的夢境打破了，他回轉頭來一看，那枝小草還是顛搖不已，一陣帶著紫羅蘭氣息的和風，溫微微的哼到他那蒼白的臉上來。在這清和的早秋的世界裡，在這澄清透明的以太（ether）③中，他的身體覺得同陶醉似的酥軟起來。他好像

1威廉．華茲渥斯，英國浪漫主義詩人，也是湖畔詩人的代表。
2中文意為：「啊！你這平靜的輕紗，你這優美的輕紗！」
3以太是物理學上的一個假想物質，此處代稱空氣、空間。

是睡在慈母懷裡的樣子。他好像是夢到了桃花源裡的樣子。他好像是在南歐的海岸，躺在情人膝上，在那裡貪午睡的樣子。

他看看四邊，覺得周圍的草木，都在那裡對他微笑。看看蒼空，覺得悠久無窮的大自然，微微的在那裡點頭。一動也不動的向天看了一會，他覺得天空中，有一群小天神，背上插著了翅膀，肩上掛著了弓箭，在那裡跳舞。他覺得樂極了。便不知不覺開了口，自言自語的說：

「這裡就是你的避難所。世間的一般庸人都在那裡妒忌你，輕笑你，愚弄你；只有這大自然，這終古常新的蒼空皎日，這晚夏的微風，這初秋的清氣，還是你的朋友，還是你的慈母，還是你的情人，你也不必再到世上去與那些輕薄的男女共處去，你就在這大自然的懷裡，這純樸的鄉間終老了罷。」

這樣的說了一遍，他覺得自家可憐起來，好像有萬千哀怨，橫亙在胸中，一口說不出來的樣子。含了一雙清淚，他的眼睛又看到他手裡的書上去。

Behold her, single in the field,

Yon solitary Highland Lass!
Reaping and singing by herself;
Stop here, or gently pass!
Alone she cuts and binds the grain,
And sings a melancholy strain;
O listen! for the Vale profound
Is overflowing with the sound.

看了這一節之後，他又忽然翻過一張來，脫頭脫腦的看到那第三節去。

Will no one tell me what she sings?
Perhaps the plaintive numbers flow
For old, unhappy, far-off things,
And battles long ago:

Or is it some more humble lay,
Familiar matter of to-day?
Some natural sorrow, loss, or pain,
That has been, and may be again?④

這也是他近來的一種習慣，看書的時候，並沒有次序的。幾百頁的大書，更可不必說了，就是幾十頁的小冊子，如愛美生⑤的《自然論》（Emerson's *On Nature*）⑥，沙羅⑦的《逍遙遊》（Thoreau's *Excursion*）之類，也沒有完完全全從頭至尾的讀完一

---

4 此處兩段英文出自於威廉．華茲渥斯的《孤獨的割麥女》（The Solitary Reaper）一詩。
5 愛默生，美國詩人、散文家、哲學家。著有《自然論》、《偉人論》、《歷史哲學》、《入世與出世》等，另有小品文多卷。
6 愛默生的《自然論》（*Nature*），此處將書名記為*On Nature*。
7 梭羅，美國詩人、散文作家及自然學者。與愛默生同為超越主義運動的領導人。著有《湖濱散記》一書。鼓勵人簡化生活，將時間保留來深入生命，品味人生。其思想、行為對美國社會影響很大。

篇過。當他起初翻開一冊書來看的時候，讀了四行五行或一頁二頁，他每被那一本書感動，恨不得要一口氣把那一本書吞下肚子裡去的樣子，到讀了三頁四頁之後，他又生起一種憐惜的心來，他心裡似乎說：

「像這樣的奇書，不應該一口氣就把它念完，要留著細細兒的咀嚼才好。一下子就念完了之後，我的熱望也就不得不消滅，那時候我就沒有好望，沒有夢想了，怎麼使得呢？」

他的腦裡雖然有這樣的想頭，其實他的心裡早有一些兒厭倦起來，到了這時候，他總把那本書收過一邊，不再看下去。

過幾天或者過幾個鐘頭之後，他又用了滿腔的熱忱，同初讀那一本書的時候一樣的，去讀另外的書去；幾日前或者幾點鐘前那樣的感動他的那一本書，就不得不被他遺忘了。

放大了聲音把渭遲渥斯[8]的那兩節詩讀了一遍之後，他忽然想把這一首詩用中國文

8 即威廉·華茲渥斯。

翻譯出來：

孤寂的高原刈稻者

他想想看，*The solitary Highland reaper* 詩題只有如此的譯法。

你看那個女孩兒，她只一個人在田裡，
你看那邊的那個高原的女孩兒，她只一個人，冷清清地！
她一邊刈稻，一邊在那兒唱著不已；
她忽兒停了，忽而又過去了，輕盈體態，風光細膩！
她一個人，刈了，又重把稻兒捆起，
她唱的山歌，頗有些兒悲涼的情味；
聽呀聽呀！這幽谷深深，
全充滿了她的歌唱的清音。

……

有人能說否，她唱的究是什麼？

或者她那萬千的痴話

是唱著前代的哀歌，

或者是前朝的戰事，千兵萬馬；

或者是些坊間的俗曲

便是目前的家常閒說？

或者是些天然的哀怨，必然的喪苦，自然的悲楚。

這些事雖是過去的回思，將來想亦必有人指訴。

他一口氣譯了出來之後，忽又覺得無聊起來，便自嘲自罵地說道：

「這算是什麼東西呀，豈不同教會裡的讚美歌一樣的乏味麼？英國詩是英國詩，中國詩是中國詩，又何必譯來對去呢！」

這樣的說了一句，他不知不覺便微微兒的笑了起來。向四邊一看，太陽已經打斜了；大平原的彼岸，西邊的地平線上，有一座高山，浮在那裡，飽受了一天殘照，山的周圍醞釀成一層朦朦朧朧的嵐氣，反射出一種紫不紫紅不紅的顏色來。

他正在那裡出神呆看的時候，「哼」的咳嗽了一聲，他的背後忽然來了一個農夫。回頭一看，他就把他臉上的笑容裝改了一副憂鬱的面色，好像他的笑容是怕被人看見的樣子。

二

他的憂鬱症，愈鬧愈甚了。

他覺得學校裡的教科書，眞同嚼蠟一般，毫無半點生趣。天氣清朗的時候，他每捧了一本愛讀的文學書，跑到人跡罕至的山腰水畔，去貪那孤寂的深味去。在萬籟俱寂的瞬間，在天水相映的地方，他看看草木蟲魚，看看白雲碧落，便覺得自家是一個孤高傲世的賢人，一個超然獨立的隱者。有時在山中遇著一個農夫，他便把自己當作了Zaratustra⑨，把Zaratustra所說的話，也在心裡對那農夫講了。他的Megalomania⑩也同他的Hypochondria⑪成了正比例，一天一天的增加起來。他竟有接連四五天不上學校去聽講的時候。

有時候到學校裡去，他每覺得眾人都在那裡凝視他的樣子。他避來避去想避他的同學，然而無論到了什麼地方，他的同學的眼光，總好像懷了惡意，射在他背脊上的樣子。

上課的時候，他雖然坐在全班學生的中間，然而總覺得孤獨得很；在稠人廣眾之中，感得的這種孤獨，倒比一個人在冷清的地方，感得的那種孤獨，還更難受。看看他的同學，一個個都是興高采烈的在那裡聽先生的講義，只有他一個人身體雖然坐在講堂裡頭，心思卻同飛雲逝電一般，在那裡作無邊無際的空想。

---

9 瑣羅亞斯德，又譯為查拉圖斯特拉，古波斯先知，祆教創始人。德國哲學家尼采曾以查拉圖斯特拉為主角，創作《查拉圖斯特拉如是說》一書，是最著名的哲學書籍之一。

10 誇大狂、誇大妄想症，一種自戀型人格障礙。

11 疑病症、慮病症。

好容易下課的鐘聲響了！先生退去之後，他的同學說笑的說笑，談天的談天，個個都同春來的燕雀似的，在那裡作樂；只有他一個人鎖了愁眉，舌根好像被千鈞的巨石鎚住的樣子，兀的不作一聲。他也很希望他的同學來對他講些閒話，然而他的同學卻都自家管自家的去尋歡樂去，一見了他那一副愁容，沒有一個不抱頭奔散的，因此他愈加怨他的同學了。

「他們都是日本人，他們都是我的仇敵，我總有一天來復仇，我總要復他們的仇。」

一到了悲憤的時候，他總這樣地想的，然而到了安靜之後，他又不得不嘲罵自家說：

「他們都是日本人，他們對你當然是沒有同情的，因為你想得他們的同情，所以你怨他們，這豈不是你自家的錯誤麼？」

他的同學中的好事者，有時候也有人來向他說笑的，他心裡雖然非常感激，想同那一個人談幾句至心⑫的話，然而口中總說不出什麼話來；所以有幾個解他的意的

12極為誠懇的心意。

人，也不得不同他疏遠了。

他的同學日本人在那裡歡笑的時候，他總疑他們是在那裡笑他，他就一霎時地紅起臉來。他們在那裡談天的時候，若有偶然看他一眼的人，他又忽然紅起臉來，以爲他們是在那裡講他。他同他同學中間的距離，一天一天的遠背起來，他的同學都以爲他是愛孤獨的人，所以誰也不敢來近他的身。

有一天放課之後，他挾了書包，回到他的旅館裡來，有三個日本學生同他同路的。將要到他寄寓的旅館的時候，前面忽然來了兩個穿紅裙的女學生。在這一區市外的地方，從沒有女學生看見的，所以他一見了這兩個女子，呼吸就緊縮起來。他們四個人同那兩個女子擦過的時候，他的三個日本人的同學都問她們說：

「你們上那兒去？」

那兩個女學生就作起嬌聲來回答說：

「不知道！」

「不知道！」

那三個日本學生都高笑起來，好像是很得意的樣子；只有他一個人似乎是他自家同她們講了話似的，匆匆跑回旅館裡來。進了他自家的房，把書包用力的向席上一丟，他就在席上躺下了。——日本室內都鋪的席子，坐也席地而坐，睡也睡在席上的。——他的胸前還在那裡亂跳，用了一隻手枕著頭，一隻手按著胸口，他便自嘲自罵地說：

「You coward fellow, you are too coward! 」[13]

「你既然怕羞，何以又要後悔？」

「既要後悔，何以當時你又沒有那樣的膽量？不同她們去講一句話。」

「Oh, coward, coward!」[14]

說到這裡，他忽然想起剛才那兩個女學生的眼波來了。

那兩雙活潑潑的眼睛！

那兩雙眼睛裡，確有驚喜的意思含在裡頭。然而再仔細想了一想，他又忽然叫起

13意為：「你這個懦夫，你真是太膽小了！」

14意為：「喔，膽小鬼，膽小鬼！」

來說：

「呆人呆人！她們雖有意思，與你有什麼相干？她們所送的秋波，不是單送給那三個日本人的麼？唉！唉！她們已經知道了，已經知道我是支那人⑮了，否則她們何以不來看我一眼呢！復仇復仇，我總要復他們的仇。」

說到這裡，他那火熱的頰上忽然滾了幾顆冰冷的眼淚下來。他是傷心到極點了。這一天晚上，他記的日記說：

我何苦要到日本來，我何苦要求學問。既然到了日本，那自然不得不被他們日本人輕侮的。中國呀中國！你怎麼不富強起來，我不能再隱忍過去了。

故鄉豈不有明媚的山河，故鄉豈不有如花的美女？我何苦要到這東海的島國裡來！

15 支那為古印度梵語對中國稱呼的音譯，這個名稱隨著佛教經典漢譯而進入中國，後傳至日本、韓國等國家。

到日本來倒也罷了，我何苦又要進這該死的高等學校。他們留了五個月學回去的人，豈不在那裡享榮華安樂麼？這五六年的歲月，教我怎麼能捱得過去。受盡了千辛萬苦，積了十數年的學識，我回國去，難道定能比他們來胡鬧的留學生更強麼？

人生百歲，年少的時候，只有七八年的光景，這最純最美的七八年，我就不得不在這無情的島國裡虛度過去，可憐我今年已經是二十一了。

槁木的二十一歲！

死灰的二十一歲！

我真還不如變了礦物質的好，我大約沒有開花的日子了。

知識我也不要，名譽我也不要，我只要一個安慰我體諒我的「心」。一副白熱的心腸！從這一副心腸裡生出來的同情！從同情而來的愛情！

我所要求的就是愛情！

若有一個美人，能理解我的苦楚，她要我死，我也肯的。

若有一個婦人，無論她是美是醜，能真心真意的愛我，我也願意為她死的。

我所要求的就是異性的愛情！

蒼天呀蒼天，我並不要知識，我並不要名譽，我也不要那些無用的金錢，你若能賜我一個伊甸園內的「伊扶」⑯，使她的肉體與心靈，全歸我有，我就心滿意足了。

三

他的故鄉，是富春江上的一個小市，去杭州水程不過八九十里。這一條江水，發源安徽，貫流全浙，江形曲折，風景常新，唐朝有一個詩人讚這條江水說「一川如畫」。

他十四歲的時候，請了一位先生寫了這四個字，貼在他的書齋裡，因爲他的書齋的小窗，是朝著江面的。雖則這書齋結構不大，然而風雨晦明，春秋朝夕的風景，也

16 即夏娃（Eve）的音譯。

還抵得過滕王高閣⑰。在這小小的書齋裡過了十幾個春秋，他才跟了他的哥哥到日本來留學。

他三歲的時候就喪了父親，那時候他家裡困苦得不堪。好容易他長兄在日本W大學卒了業，回到北京，考了一個進士，分發在法部⑱當差，不上兩年，武昌的革命起來了。那時候他已在縣立小學堂卒了業，正在那裡換來換去的換中學堂。他家裡的人都怪他無恆性，說他的心思太活；然而依他自己講來，他以爲他一個人同別的學生不同，不能按部就班的同他們同在一處求學的。所以他進了K府中學之後，不上半年又忽然轉了H府中學來；在H府中學住了三個月，革命就起來了。H府中學停學之後，他依舊只能回到那小小的書齋裡來。第二年的春天，正是他十七歲的時候，他就進了H大學的預科。這大學是在杭州城外，本來是美國長老會捐錢創辦的，所以學校裡浸

17 指滕王閣，位於今江西省新建縣城西章江門上的一座閣樓，因唐代詩人王勃於此寫下了其代表名篇《滕王閣序》而名揚四海，江南三大名樓之一。

18 清末改刑部為法部，專掌司法。

潤了一種專制的弊風，學生的自由，幾乎被壓縮得同針眼兒一般的小。禮拜三的晚上有什麼祈禱會，禮拜日非但不准出去遊玩，並且在家裡看別的書也不准的，除了唱讚美詩祈禱之外，只許看新舊約書。每天早晨從九點鐘到九點二十分，定要去做禮拜，不去做禮拜，就要扣分數記過。他雖然非常愛那學校近旁的山水景物，然而他的心裡，總有些反抗的意思，因爲他是一個愛自由的人，對那些迷信的管束，怎麼也不甘心服從的。住不上半年，那大學裡的廚子，托了校長的勢，竟打起學生來。學生中間有幾個不服的，便去告訴校長，校長反說學生不是。他看看這些情形，實在是太無道理了，就立刻去告了退，仍復回家，到那小小的書齋裡去，那時候已經是六月初了。

在家裡住了三個多月，秋風吹到富春江上，兩岸的綠樹，就快凋落的時候，他又坐了帆船，下富春江，上杭州去。卻好那時候石牌樓的W中學正在那裡招插班生，他進去見了校長M氏，把他的經歷說給了M氏夫妻聽，M氏就許他插入最高的班裡去。這W中學原來也是一個教會學校，校長M氏，也是一個糊塗的美國宣教師；他看看這學校的內容倒比H大學不如了。與一位很卑鄙的教務長——原來這一位先生就是H大學的卒業生——鬧了一場，第二年的春天，他就出來了。出了W中學，他看看杭州的學校，都不能如他的意，所以他就打算不再進別的學校去。

正是這個時候，他的長兄也在北京被人排斥了。原來他的長兄爲人正直得很，在部裡辦事，鐵面無私，並且比一般部內的人物又多了一些學識，所以部內上下，都忌憚他。有一天某次長的私人，來問他要一個位置，他執意不肯，因此次長就同他鬧起意見來，過了幾天他就辭了部裡的職，改到司法界去做司法官去了。他的二兄那時候正在紹興軍隊裡作軍官，這一位二兄軍人習氣頗深，揮金如土，專喜結交俠少。他們弟兄三人，到這時候都不能如意之所爲，所以那一小市鎮裡的閒人都說他們的風水破了。

他回家之後，便鎮日鎮夜的蟄居在他那小小的書齋裡。他父祖及他長兄所藏的書籍，就作了他的良師益友。他的日記上面，一天一天的記起詩來。有時候他也用了華麗的文章做起小說來，小說裡就把他自己當作了一個多情的勇士，把他鄰近的一家寡婦的兩個女兒，當作了貴族的苗裔，把他故鄉的風物，全編作了田園的情景；有興的時候，他還把他自家的小說，用單純的外國文翻釋起來；他的幻想，愈演愈大了，他的憂鬱病的根苗，大約也就在這時候培養成功的。

在家裡住了半年，到了七月中旬，他接到他長兄的來信說：

院內近有派予赴日本考察司法事務之意，予已許院長以東行，大約此事不日可見命令。渡日之先，擬返里小住。三弟居家，斷非上策，此次當偕伊赴日本也。

他接到了這一封信之後，心中日日盼他長兄南來，到了九月下旬，他的兄嫂才自北京到家。住了一月，他就同他的長兄長嫂同到日本去了。

到了日本之後，他的Dreams of the romantic age[19]尚未醒悟，模模糊糊的過了半載，他就考入了東京第一高等學校。這正是他十九歲的秋天。

第一高等學校將開學的時候，他的長兄接到了院長的命令，要他回去。他的長兄就把他寄托在一家日本人的家裡，幾天之後，他的長兄長嫂和他的新生的侄女兒就回國去了。

19 意為浪漫年紀的幻想。

東京的第一高等學校裡有一班預備班，是爲中國學生特設的。在這預科裡預備一年，卒業之後，才能入各地高等學校的正科，與日本學生同學。他考入預科的時候，本來塡的是文科，後來將在預科卒業的時候，他的長兄定要他改到醫科去，他當時亦沒有什麼主見，就聽了他長兄的話把文科改了。

預科卒業之後，他聽說N市的高等學校是最新的，並且N市是日本產美人的地方，所以他就要求到N市的高等學校去。

四

他的二十歲的八月二十九日的晚上，他一個人從東京的中央車站乘了夜行車到N市去。

那一天大約剛是舊曆的初三四的樣子，同天鵝絨似的又藍又紫的天空裡，灑滿了一天星斗。半痕新月，斜掛在西天角上，卻似仙女的蛾眉，未加翠黛的樣子。他一個人靠著了三等車的車窗，默默的在那裡數窗外人家的燈火。火車在暗黑的夜氣中間，一程一程地進去，那大都市的星星燈火，也一點一點的朦朧起來，他的胸中忽然生了萬千哀感，他的眼睛裡就忽然覺得熱起來了。

「Sentimental, too sentimental!」[20]

這樣的叫一聲，把眼睛揩了一下，他反而自家笑起自家來。

「你也沒有情人留在東京，你也沒有弟兄知己住在東京，你的眼淚究竟是爲誰灑的呀！或者是對於你過去的生活的傷感，或者是對你二年間的生活的餘情，然而你平時不是說不愛東京的麼？

「唉，一年人住豈無情。

「黃鶯住久渾相識，欲別頻啼四五聲！」

胡思亂想的尋思了一會，他又忽然想到初次赴新大陸去的清教徒的身上去。

「那些十字架下的流人，離開他故鄉海岸的時候，大約也是悲壯淋漓，同我一樣

20意為：「感傷，真感傷啊！」

的。」

火車過了橫濱，他的感情方才漸漸兒的平靜起來。呆呆的坐了一忽，他就取了一張明信片出來，墊在海涅（Heine）[21]的詩集上，用鉛筆寫了一首詩寄他東京的朋友。

峨眉月上柳梢初，又向天涯別故居，
四壁旗亭爭賭酒，六街燈火遠隨車，
亂離年少無多淚，行李家貧只舊書，
後夜蘆根秋水長，憑君南浦覓雙魚。

在朦朧的電燈光裡，靜悄悄的坐了一會，他又把海涅的詩集翻開來看了。

Lebet wohl, ihr glatten Säle!

---

21 海因里希・海涅，德國浪漫詩人。多革命與抒情的創作。

Glatte Herren, glatte Frauen!
Auf die Berge will ich steigen,
Lachend auf euch niederschauen.
——Aus Heines, *Buch der Lieder*[22]

浮薄的塵寰，無情的男女，
你看那隱隱的青山，我欲乘風飛去，
且住且住，
我將從那絕頂的高峰，笑看你終歸何處。

單調的輪聲，一聲聲連連續續的飛到他的耳膜上來，不上三十分鐘他竟被這催眠的車輪聲引誘到夢幻的仙境裡去了。

22 出自於海涅的《歌之卷》（*Buch der Lieder*）。

早晨五點鐘的時候，天空漸漸兒的明亮起來。在車窗裡向外一望，他只見一線青天還被夜色包住在那裡。探頭出去一看，一層薄霧，籠罩著一幅天然的畫圖，他心裡想了一想：

「原來今天又是清秋的好天氣，我的福分，眞可算不薄了。」

過了一個鐘頭，火車就到了N市的停車場。

下了火車，在車站上遇見了個日本學生；他看看那學生的制帽上也有兩條白線，便知道他也是高等學校的學生。他走上前去，對那學生脫了一脫帽，問他說：

「第X高等學校是在什麼地方的？」

那學生回答說；

「我們一路去罷。」

他就跟了那學生跑出火車站來，在火車站的前頭，乘了電車。

早晨還早得很，N市的店家都還未曾起來。他同那日本學生坐了電車，經過了幾條冷清的街巷，就在鶴舞公園前面下了車。他問那日本學生說：

「學校還遠得很麼？」

「還有二里多路。」

穿過了公園，走到稻田中間的細路上的時候，他看看太陽已經起來了，稻上的露滴，還同明珠似的掛在那裡。前面有一叢樹林，樹林蔭裡，疏疏落落的看得見幾椽農舍。有兩三條煙囱筒子，突出在農舍的上面，隱隱約約的浮在清晨的空氣裡。一縷兩縷的青煙，同爐香似的在那裡浮動，他知道農家已在那裡炊早飯了。

到學校近邊的一家旅館去一問，他一禮拜前頭寄出的幾件行李，已經到在那裡。原來那一家人家是住過中國留學生的，所以主人待他也很慇勤。在那一家旅館裡住下了之後，他覺得前途好像有許多歡樂在那裡等他的樣子。

他的前途的希望，在第一天的晚上，就不得不被目前的實情嘲弄了。原來他的故里，也是一個小小的市鎮。到了東京之後，在人山人海的中間，他雖然時常覺得孤獨，然而東京的都市生活，同他幼時的習慣尚無十分齟齬的地方。如今到了這N市的鄉下之後，他的旅館，是一家孤立的人家，四面並無鄰舍，左首門外便是一條如髮的大道，前後都是稻田，西面是一方池水，並且因爲學校還沒有開課，別的學生還沒有到來，這一間寬曠的旅館裡，只住了他一個客人。白天倒還可以支吾過去，一到了晚上，他開窗一望，四面都是沉沉的黑影，並且因N市的附近是一大平原，所以望眼連天，四面並無遮障之處，遠遠裡有一點燈火，明滅無常，森然有些鬼氣。天花板裡，又有許多蟲鼠，息栗索落[23]的在那裡爭食。窗外有幾株梧桐，微風動葉，颯颯的響得不已，因爲他住在二層樓上，所以梧桐的葉戰聲，近在他的耳邊。他覺得害怕起來，幾乎要哭出來了。他對於都市的懷鄉病（Nostalgia）從未有比那一晚更甚的。

學校開了課，他朋友也漸漸兒的多起來。感受性非常強烈的他的性情，也同天空大地叢林野水融和了。不上半年，他竟變成了一個大自然的寵兒，一刻也離不了那天然的野趣了。

他的學校是在N市外，剛才說過市的附近是一大平原，所以四邊的地平線，界限廣大得很。那時候日本的工業還沒有十分發達，人口也還沒有增加得同目下[24]一樣，

23 擬聲詞，小動物發生的聲響。
24 現今、現在。

所以他的學校的近邊，還多是叢林空地，小阜低崗。除了幾家與學生做買賣的文房具店及菜館之外，附近並沒有居民。荒野的人間，只有幾家爲學生設的旅館，同曉天㉕的星影一般，散綴在麥田瓜地的中央。晚飯畢後，披了黑呢的縵斗（Le manteau）㉖，拿了愛讀的書，在遲遲不落的夕照中間，散步逍遙，是非常快樂的。他的田園趣味，大約也是在這Idyllic Wanderings㉗的中間養成的。

在生活競爭不十分猛烈，逍遙自在，同中古時代一樣的時候；在風氣純良，不與市井小人同處，清閒雅淡的地方，過日子正如做夢一樣。他到了N市之後，轉瞬之間，已經有半載多了。

熏風日夜的吹來，草色漸漸兒的綠起來，旅館近旁麥田裡的麥穗，也一寸一寸的長起來了。草木蟲魚都化育起來，他的從始祖傳來的苦悶也一日一日的增長起來，他

25 拂曉時的天色。
26 縵斗即法文的外套、披風的音譯。
27 意為田園風光的閒逛漫遊。

每天早晨，在被窩裡犯的罪惡，也一次一次的加起來了。

他本來是一個非常愛高尚愛潔淨的人，然而一到了這邪念發生的時候，他的智力也無用了，他的良心也麻痺了，他從小服膺的「身體髮膚不敢毀傷」的聖訓，也不能顧全了。他犯了罪之後，每深自痛悔，切齒的說，下次總不再犯了，然則到了第二天的那個時候，種種幻想，又活潑潑的到他的眼前來。

他平時所看見的「伊扶」的遺類㉘，都赤裸裸的來引誘他。中年以後的Madam㉙的形體，在他的腦裡，比處女更有挑發他情動的地方。他苦悶一場，惡鬥一場，終究不得不做她們的俘虜。這樣的一次成了兩次，兩次之後，就成了習慣了。他犯罪之後，每到圖書館裡去翻出醫書來看，醫書上都千篇一律的說，於身體最有害的就是這一種犯罪。從此之後，他的恐懼心也一天一天地增加起來。有一天他不知道從什麼地方得來的消息，好像是一本書上說，俄國近代文學的創設者Gogol㉚也犯這一宗病，他到死

28 指殘存者或留下的同類。
29 女士、婦女。
30 尼古拉·果戈里，烏克蘭裔俄羅斯作家，是俄國現實主義文學的開拓者和自然派的奠基人。

竟沒有改過來，他想到了Gogol，心裡就寬了一寬，因爲這《死了的靈魂》㉛的著者，也是同他一樣的。然而這不過自家對自家的寬慰而已，他的胸裡，總有一種非常的憂慮存在那裡。

因爲他是非常愛潔淨的，所以他每天總要去洗澡一次，因爲他是非常愛惜身體的，所以他每天總要去吃幾個生雞子和牛乳；然而他去洗澡或吃牛乳雞子的時候，他總覺得慚愧得很，因爲這都是他的犯罪的證據。

他覺得身體一天一天的衰弱起來，記憶力也一天一天的減退了，他又漸漸兒的生了一種怕見人面的心思，見了婦人女子的時候他覺得更加難受。學校的教科書，也漸漸的嫌惡起來，法國自然派的小說，和中國那幾本有名的誨淫小說，他念了又念，幾乎記熟了。

有時候他忽然做出一首好詩來，他自家便喜歡得非常，以爲他的腦力還沒有破壞。那時候他每對著自家起誓說：

31今常譯作《死魂靈》，是果戈里的代表作品。

「我的腦力還可以使得，還能做得出這樣的詩，我以後決不再犯罪了。過去的事實是沒法，我以後總不再犯罪了。若從此自新，我的腦力，還是很可以的。」

然而一到了緊迫的時候，他的誓言又忘了。

每禮拜四五，或每月的二十六七的時候，他索性盡意的貪起歡來。他的心裡想，自下禮拜一或下月初一起，我總不犯罪了。有時候正合到禮拜六或月底的晚上，去剃頭洗澡去，以爲這就是改過自新的記號，然而過幾天他又不得不吃雞子和牛乳了。

他的自責心同恐懼心，竟一日也不使他安閒，他的憂鬱症也從此厲害起來了。這樣的狀態繼續了一二個月，他的學校裡就放了暑假，暑假的兩個月內，他受的苦悶，更甚於平時；到了學校開課的時候，他的兩頰的顴骨更高起來，他的青灰色的眼窩更大起來，他的一雙靈活的瞳仁，變了同死魚眼睛一樣了。

五

秋天又到了。浩浩的蒼空，一天一天的高起來。他的旅館旁邊的稻田，都帶起黃金色來。朝夕的涼風，同刀也似的刺到人的心骨裡去，大約秋冬的佳日，來也不遠了。

一禮拜前的有一天午後，他拿了一本Wordsworth的詩集，在田塍[32]路上逍遙漫步了半天。從那一天以後，他的循環性的憂鬱症，尚未離他的身過。前幾天在路上遇著的那兩個女學生，常在他的腦裡，不使他安靜，想起那一天的事情，他還是一個人要紅起臉來。

他近來無論上什麼地方去，總覺得有坐立難安的樣子。他上學校去的時候，覺得他的日本同學都似在那裡排斥他。他的幾個中國同學，也許久不去尋訪了，因為去尋訪了回來，他心裡反覺得空虛。因為他的幾個中國同學，怎麼也不能理解他的心理。他去尋訪的時候，總想得些同情回來的，然而談了幾句以後，他又不得不自悔尋訪錯了。有時候講得投機，他就任了一時的熱意，把他的內外的生活都講了出來，然而到

32田埂。

了歸途，他又自悔失言，心裡的責備，倒反比不去訪友的時候，更加厲害。他的幾個中國朋友，因此都說他是染了神經病了。他聽了這話之後，對了那幾個中國同學，也同對日本學生一樣，起了一種復仇的心。他同他的幾個中國同學，一日一日的疏遠起來。雖在路上，或在學校裡遇見的時候，他同那幾個中國同學，也不點頭招呼。中國留學生開會的時候，他當然是不去出席的。因此他同他的幾個同胞，竟宛然成了兩家仇敵。

他的中國同學的裡邊，也有一個很奇怪的人，因爲他自家的結婚有些道德上的罪惡，所以他專喜講人家的醜事，以掩己之不善，說他是神經病，也是這一位同學說的。

他交遊離絕之後，孤冷得幾乎到將死的地步，幸而他住的旅館裡，還有一個主人的女兒，可以牽引他的心，否則他眞只能自殺了。他旅館的主人的女兒，今年正是十七歲，長方的臉兒，眼睛大得很，笑起來的時候，面上有兩顆笑靨，嘴裡有一顆金牙看得出來，因爲她的笑容是非常可愛，所以她也時常在那裡笑的。

他心裡雖然非常愛她，然而她送飯來或來替他鋪被的時候，他總裝出一種兀不可犯的樣子來。他心裡雖想對她講幾句話，然而一見了她，他總不能開口。她進他房裡來的時候，他的呼吸竟急促到吐氣不出的地步。他在她的面前實在是受苦不起了，所以近來她進他的房裡來的時候，他每不得不跑出房外去。然而他思慕她的心情，卻一天一天的濃厚起來。有一天禮拜六的晚上，旅館裡的學生，都上N市去行樂去了。他因爲經濟困難，所以吃了晚飯，上西面池上去走了一回，就回來了。

回家來坐了一會，他覺得那空曠的二層樓上，只有他一個人在家。靜悄悄的坐了，不耐煩起來的時候，他又想跑出外面去。然而要跑出外面去，不得不由主人的房門口經過，因爲主人和他女兒的房，就在大門的邊上。他記得剛才進來的時候，主人和他的女兒正在那裡吃飯。他一想到經過她面前的時候的苦楚，就把跑出外面去的心思丟了。

拿出了一本G. Gissing[33]的小說來讀了三四頁之後，靜寂的空氣裡，忽然傳了幾聲

33喬治・吉辛，英國小說家，一開始是自然主義的一員，後來成為維多利亞時代後期最傑出的現實主義作家之一。

沙沙的潑水聲音過來。他靜靜兒的聽了一聽，呼吸又一霎時的急了起來，面色也漲紅了。遲疑了一會，他就輕輕的開了房門，拖鞋也不拖，幽腳幽手的走下扶梯去。輕輕的開了便所的門，他儘兀兀㉞的站在便所的玻璃窗口偷看。原來他旅館裡的浴室，就在便所的間壁，從便所的玻琉窗裡看去，浴室裡的動靜了了可見。他起初以為看一看就可以走的，然而到了一看之後，他竟同被釘子釘住的一樣，動也不能動了。

那一雙雪樣的乳峰！

那一雙肥白的大腿！

這全身的曲線！

呼氣也不呼，仔仔細細的看了一會，他面上的筋肉，都發起痙㉟來了。愈看愈顫得厲害，他那發顫的前額部竟同玻琉窗衝擊了一下。被蒸氣包住的那赤裸裸的「伊扶」便發了嬌聲問說：

34 不動的樣子。
35 指肌肉發生痙攣。

「是誰呀？……」

他一聲也不響，急忙跳出了便所，就三腳兩步的跑上樓上去了。

他跑到了房裡，面上同火燒的一樣，口也乾渴了。一邊他自家打自家的嘴巴，一邊就把他的被窩拿出來睡了。他在被窩裡翻來覆去，總睡不著，便立起了兩耳，聽起樓下的動靜來。他聽聽潑水的聲音也息了，浴室的門開了之後，他聽見她的腳步聲好像是走上樓來的樣子。用被包著了頭，他心裡的耳朵明明告訴他說：

「她已經立在門外了。」

他覺得全身的血液，都在往上奔注的樣子。心裡怕得非常，羞得非常，也喜歡得非常。然而若有人問他，他無論如何，總不肯承認說，這時候他是喜歡的。

他屏住了氣息，尖著了兩耳聽了一會，覺得門外並無動靜，又故意咳嗽了一聲，門外亦無聲響。他正在那裡疑惑的時候，忽聽見她的聲音，在樓下同她的父親在那裡說話。他手裡捏了一把冷汗，拚命想聽出她的話來，然而無論如何總聽不清楚。停了一會，她的父親高聲的笑了起來，他把被蒙頭的一罩，咬緊了牙齒說：

「她告訴了他了！她告訴了他了！」

這一天的晚上他一睡也不曾睡著。第二天的早晨，天亮的時候，他就驚心吊膽的走下樓來。洗了手面，刷了牙，趁主人和他的女兒還沒有起來之先，他就同逃也似的出了那個旅館，跑到外面來。

官道上的沙塵，染了朝露，還未曾乾著。太陽已經起來了。他不問皀白，一直的往東走去，遠遠有一個農夫，拖了一車野菜慢慢的走來。那農夫同他擦過的時候，忽然對他說：

「你早啊！」

他倒驚了一跳，那清瘦的臉上，又起了一層紅潮，胸前又亂跳起來，他心裡想：

「難道這農夫也知道了麼？」

無頭無腦的跑了好久，他回轉頭來看看他的學校，已經遠得很了，太陽也升高了。他摸摸表看，那銀餅大的表，也不在身邊。從太陽的角度看起來，大約已經是九點鐘前後的樣子。他雖然覺得飢餓得很，然而無論如何，總不願意再回到那旅館裡去，同主人和他的女兒相見。想去買些零食充一充饑，然而他摸摸自家的袋看，袋裡只剩了一角二分錢在那裡。他到一家鄉下的雜貨店內，盡那一角二分錢，買了些零碎的食物，想去尋一處無人看見的地方去吃。走到了一處兩路交叉的十字路口，他朝南的一望，只見與他的去路橫交的那一條自北趨南的路上，行人稀少得很。那一條路是向南的斜低下去的，兩面更有高壁在那裡，他知道這路是從一條小山中開闢出來的。他剛才走來的那條大道，便是這山的嶺脊，十字路當作了中心，與嶺脊上的那條大道相交的橫路，是兩邊低斜下去的。在十字路口遲疑了一會，他就取了那一條向南斜下的路走去。走盡了兩面的高壁，他的去路就穿入大平原去，直通到彼岸的市內。平原的彼岸有一簇深林，劃在碧空的心裡，他心裡想：

「這大約就是A神宮了。」

他走盡了兩面的高壁，向左手斜面上一望，見沿高壁的那山面上有一道女牆，圍住著幾間茅舍，茅舍的門上懸著了「香雪海」三字的一方匾額。他離開了正路，走上幾步，到那女牆的門前，順手的向門一推，那兩扇柴門竟自開了。他就隨隨便便的踏了進去。門內有一條曲徑，自門口通過了斜面，直達到山上去的。曲徑的兩旁，有許多老蒼的梅樹種在那裡，他知道這就是梅林了。

順了那一條曲徑，往北的從斜面上走到山頂的時候，一片同圖畫似的平地，展開在他的眼前。這園自從山腳上起，跨有朝南的半山斜面，同頂上的一塊平地，佈置得非常幽雅。

山頂平地的西面是千仞的絕壁，與隔岸的絕壁相對峙，兩壁的中間，便是他剛走過的那一條自北趨南的通路。背臨著了那絕壁，有一間樓屋，幾間平屋造在那裡。因爲這幾間屋，門窗都閉在那裡，他所以知道這定是爲梅花開日，賣酒食用的。

樓屋的前面，有一塊草地，草地中間，有幾方白石，圍成了一個花圈，圈子裡，臥著一枝老梅，那草地的南盡頭，山頂的平地正要向南斜下去的地方，有一塊石碑立在那裡，係記這梅林的歷史的。他在碑前的草地上坐下之後，就把買來的零食拿出來吃了。

吃了之後，他兀兀的在草地上坐了一會。四面並無人聲，遠遠的樹枝上，時有一聲兩聲的鳥鳴聲飛來。他仰起頭來看看澄清的碧落，同那皎潔的日輪，覺得四面的樹枝房屋，小草飛禽，都一樣的在和平的太陽光裡，受大自然的化育。他那昨天晚上的犯罪的記憶，正同遠海的帆影一般，不知消失到那裡去了。

這梅林的平地上和斜面上，叉來叉去的曲徑很多。他站起來走來走去的走了一會，方曉得斜面上梅樹的中間，更有一間平屋造在那裡。從這一間房屋往東的走去幾步，有眼古井，埋在松葉堆中。他搖搖井上的唧筒㊱看，呷呷的響了幾聲，卻抽不起水來。他心裡想：

「這園大約只有梅花開的時候，開放一下，平時總沒有人住的。」

到這時他又自言自語的說：

「既然空在這裡，我何妨去問園主人去借住借住。」

想定了主意，他就跑下山來，打算去尋園主人去。他將走到門口的時候，卻好遇見了一個五十來歲的農夫走進園來。他對那農夫道歉之後，就問他說：

「這園是誰的，你可知道麼？」

「這園是我經管的。」

「你住在什麼地方的？」

「我住在路的那面的。」

36 指井上的抽水器具。

一邊這樣的說，一邊那農民指著通路西邊的一間小屋給他看。他向西一看，果然在西邊的高壁盡頭的地方，有一間小屋在那裡。他點了點頭，又問說：

「你可以把園內的那間樓屋租給我住住麼？」

「可是可以的，你只一個人麼？」

「我只一個人。」

「那你可不必搬來的。」

「這是什麼緣故呢？」

「你們學校裡的學生，已經有幾次搬來過了，大約都因爲冷靜不過[37]，住不上十天，就搬走的。」

「我可同別人不同，你但能租給我，我是不怕冷靜的。」

「這樣豈有不租的道理，你想什麼時候搬來？」

「就是今天午後罷。」

---

37 指非常冷清。

「可以的，可以的。」

「請你就替我掃一掃乾淨，免得搬來之後著忙。」

「可以可以。再會！」

「再會！」

六

搬進了山上梅園之後，他的憂鬱症（Hypochondria）又變起形狀來了。

他同他的北京的長兄，爲了一些兒細事，竟生起齟齬來。他發了一封長長的信，寄到北京，同他的長兄絕了交。

那一封信發出之後，他呆呆的在樓前草地上想了許多時候。他自家想想看，他便是世界上最不幸的人了。其實這一次的決裂，是發始於他的。同室操戈，事更甚於他姓之相爭，自此之後，他恨他的長兄竟同蛇蠍一樣，他被他人欺侮的時候，每把他長兄拿出來作比：

「自家的弟兄，尚且如此，何況他人呢！」

他每達到這一個結論的時候，必盡把他長兄待他苛刻的事情，細細回想出來。把各種過去的事跡，列舉出來之後，就把他長兄判決是一個惡人，他自家是一個善人。他又把自家的好處列舉出來，把他所受的苦處，誇大的細數起來。他證明得自家是一個世界上最苦的人的時候，他的眼淚就同瀑布似的流下來。他在那裡哭的時候，空中好像有一種柔和的聲音在對他說：

「啊呀，哭的是你麼？那眞是冤屈了你了。像你這樣的善人，受世人的那樣的虐待，這可眞是冤屈了你了。罷了罷了，這也是天命，你別再哭了，怕傷害了你的身體！」

他心裡一聽到這一種聲音，就舒暢起來。他覺得悲苦的中間，也有無窮的甘味在那裡。

他因爲想復他長兄的仇，所以就把所學的醫科丟棄了，改入文科裡去，他的意思，以爲醫科是他長兄要他改的，仍舊改回文科，就是對他長兄宣戰的一種明示。並且他由醫科改入文科，在高等學校須遲卒業一年。他心裡想，遲卒業一年，就是早死一歲，你若因此遲了一年，就到死可以對你長兄含一種敵意。因爲他恐怕一二年之後，他們兄弟兩人的感情，仍舊要和好起來；所以這一次的轉科，便是幫他永久敵視他長兄的一個手段。

氣候漸漸兒的寒冷起來，他搬上山來之後，已經有一個月了，幾日來天氣陰鬱，灰色的層雲，天天掛在空中。寒冷的北風吹來的時候，梅林的樹葉，已將凋落起來。

初搬來的時候，他賣了些舊書，買了許多炊飯的器具，自家燒了一個月飯，因爲天冷了，他也懶得燒了。他每天的伙食，就一切包給了山腳下的園丁家包辦，所以他近來只同退院的閒僧一樣，除了怨人罵己之外，更沒有別的事情了。

有一天早晨，他侵早㊳的起來，把朝東的窗門開了之後，他看見前面的地平線上有幾縷紅雲，在那裡浮蕩。東天半角，反照出一種銀紅的灰色。因爲昨天下了一天微雨，所以他看了這清新的旭日，比平日更添了幾分歡喜。他走到山的斜面上，從那古

38天色將亮時。

井裡汲了水，洗了手面之後，覺得滿身的氣力，一霎時都回復轉來的樣子。他便跑上樓去，拿了一本黃仲則[39]的詩集下來，一邊高聲朗讀，一邊儘在那梅林的曲徑裡，跑來跑去的跑圈子。不多一會，太陽起來了。

從他住的山頂向南方看去，眼下看得出一大平原。平原裡的稻田，都尚未收割起。金黃的穀色，以紺碧的天空作了背景，反映著一天太陽的晨光，那風景正同看密來（Millet）[40]的田園清畫一般。他覺得自家好像已經變了幾千年前的原始基督教徒的樣子，對了這自然的默示，他不覺笑起自家的氣量狹小起來。

「赦饒了！赦饒了！你們世人得罪於我的地方，我都饒赦了你們罷！來，你們來，都來同我講和罷！」

手裡拿著了那一本詩集，眼裡浮著了兩泓清淚，正對了那平原的秋色，呆呆的立

39 黃景仁，字漢鏞，一字仲則，自號鹿菲子，為文以黃仲則署名，清代詩人。郁達夫曾以黃景仁為主角，撰寫小說《采石磯》。

40 現多譯為米勒，尚—法蘭索瓦·米勒，法國畫家，以寫實手法描繪的鄉村風情畫聞名畫壇，代表作有《拾穗》、《晚禱》等。

在那裡想這些事情的時候，他忽聽見他的近邊，有兩人在那裡低聲的說：

「今晚上你一定要來的哩！」

這分明是男子的聲音。

「我是非常想來的，但是恐怕……」

他聽了這嬌滴滴的女子的聲音之後，好像是被電氣貫穿了的樣子，覺得自家的血液循環都停止了。原來他的身邊有一叢長大的葦草生在那裡，他立在葦草的右面，那一對男女，大約是在葦草的左面，所以他們兩個還不曉得隔著葦草，有人站在那裡。那男人又說：

「你心真好，請你今晚上來罷，我們到如今還沒在被窩裡〇〇。」

「……」

他忽然聽見兩人的嘴唇，灼灼的好像在那裡吮吸的樣子。他正同偷了食的野狗一樣，就驚心吊膽的把身子屈倒去聽了。

「你去死罷，你去死罷，你怎麼會下流到這樣的地步！」

他心裡雖然如此的在那裡痛罵自己，然而他那一雙尖著的耳朵，卻一言半語也不願意遺漏，用了全副精神在那裡聽著。

地上的落葉索息索息的響了一下。

解衣帶的聲音。

男人嘶嘶的吐了幾口氣。

舌尖吮吸的聲音。

女人半輕半重，斷斷續續的說：

「你！……你！……你快……快○○罷。……別……別……別被人……被人看見了。」

他的面色，一霎時的變了灰色了。他的眼睛同火也似的紅了起來。他的上顎骨同下顎骨呷呷的發起顫來。他再也站不住了。他想跑開去，但是他的兩隻腳，總不聽他的話。他苦悶了一場，聽聽兩人出去了之後，就同落水的貓狗一樣，回到樓上房裡去，拿出被窩來睡了。

七

他飯也不吃，一直在被窩裡睡到午後四點鐘的時候才起來。那時候夕陽灑滿了遠近。平原的彼岸的樹林裡，有一帶蒼煙，悠悠揚揚的籠罩在那裡。他踉踉蹌蹌的走下了山，上了那一條自北趨南的大道，穿過了那平原，無頭無緒的儘是向南的走去。走盡了平原，他已經到了神宮前的電車停留處了。那時候卻好從南面有一乘電車到來，他不知不覺就跳了上去，既不知道他究竟爲什麼要乘電車，也不知道這電車是往什麼地方去的。

走了十五六分鐘，電車停了，運車的教他換車，他就換了一乘車。走了二三十分鐘，電車又停了，他聽見說是終點了，他就走了下來。他的前面就是築港了。

前面一片汪洋的大海，橫在午後的太陽光裡，在那裡微笑。超海而南有一髮青山，隱隱的浮在透明的空氣裡，西邊是一脈長堤，直馳到海灣的心裡去。堤外有一處燈台，同巨人似的，立在那裡。幾艘空船和幾隻舢板，輕輕的在繫著的地方浮蕩。海中近岸的地方，有許多浮標，飽受了斜陽，紅紅的浮在那裡。遠處風來，帶著幾句單調的話聲，既聽不清楚是什麼話，也不知道是從那裡來的。

他在岸邊上走來走去走了一會，忽聽見那一邊傳過了一陣擊磬的聲來。他跑過去一看，原來是爲喚渡船而發的。他立了一會，看有一隻小火輪從對岸過來了。跟著了一個四五十歲的工人，他也進了那隻小火輪去坐下了。

渡到東岸之後，上前走了幾步，他看見靠岸有一家大莊子在那裡。大門開得很大，庭內的假山花草，布置得楚楚可愛。他不問是非，就踱了進去。走不上幾步，他忽聽得前面家中有女人的嬌聲叫他說：

「請進來呀！」

他不覺驚了一下，就呆呆的站住了。他心裡想：

「這大約就是賣酒食的人家，但是我聽見說，這樣的地方，總有妓女在那裡的。」

一想到這裡，他的精神就抖擻起來，好像是一桶冷水澆上身來的樣子。他的面色立時變了。要想進去又不能進去，要想出來又不得出來；可憐他那同兔兒似的小膽，同猿猴似的淫心，竟把他陷到一個大大的難境裡去了。

「進來呀！請進來呀！」

裡面又嬌滴滴的叫了起來，帶著笑聲。

「可惡東西，你們竟敢欺我膽小麼？」

這樣的怒了一下，他的面色更同火也似的燒了起來。咬緊了牙齒，把腳在地上輕輕的蹬了一蹬，他就捏了兩個拳頭，向前進去，好像是對了那幾個年輕的侍女宣戰的樣子。但是他那青一陣紅一陣的面色，和他的面上，微微兒在那裡震動的筋肉，他總隱藏不過。他走到那幾個侍女的面前的時候，幾乎要同小孩似的哭出來了。

「請上來！」

「請上來！」

他硬了頭皮，跟了一個十七八歲的侍女走上樓去，那時候他的精神已經有些鎮靜下來了。走了幾步，經過一條暗暗的夾道的時候，一陣惱人的花粉香氣，同日本女人特有的一種肉的香味，和頭髮上的香油氣息合作了一處，噴的撲上他的鼻孔來。他立刻覺得頭暈起來，眼睛裡看見了幾顆火星，向後邊跌也似的退了一步。他再定睛一看，只見他的前面黑暗暗的中間，有一長圓形的女人的粉面，堆著了微笑，在那裡問他說：

「你！你還是上靠海的地方去呢？還是怎樣？」

他覺得女人口裡吐出來的氣息，也熱和和的噴上他的面來。他不知不覺把這氣息深深的吸了一口。他的意識，感覺到他這行爲的時候，他的面色又立刻紅了起來。他不得已只能含含糊糊的答應她說：

「上靠海的房間裡去。」

進了一間靠海的小房間，那侍女便問他要什麼菜。他就回答說：

「隨便拿幾樣來罷。」

「酒要不要？」

「要的。」

那侍女出去之後，他就站起來推開了紙窗，從外邊放了一陣空氣進來。因爲房裡的空氣，沉濁得很，他剛才在夾道中聞過的那一陣女人的香味，還剩在那裡，他實在是被這一陣氣味壓迫不過了。

一灣大海，靜靜的浮在他的面前。外邊好像是起了微風的樣子，一片一片的海浪，受了陽光的返照，同金魚的魚鱗似的，在那裡微動。他立在窗前看了一會，低聲的吟了一句詩出來：

「夕陽紅上海邊樓。」

他向西的一望，見太陽離西南的地平線只有一丈多高了。呆呆的看了一會，他的心想怎麼也離不開剛才的那個侍女。她的口裡的頭上的面上的和身體上的那一種香味，怎麼也不容他的心思去想別的東西。他才知道他想吟詩的心是假的，想女人的肉體的心是眞的了。

停了一會，那侍女把酒菜搬了進來，跪坐在他的面前，親親熱熱的替他上酒。他心裡想仔仔細細的看她一看，把他的心裡的苦悶都告訴了她，然而他的眼睛怎麼也不敢平視她一眼，他的舌根，怎麼也不能搖動一搖動。他不過同啞子一樣，偷看她那擱在膝上一雙纖嫩的白手，同衣縫裡露出來的一條粉紅的圍裙角。

原來日本的婦人都不穿褲子，身上貼肉只圍著一條短短的圍裙。外邊就是一件長袖的衣服，衣服上也沒有鈕扣，腰裡只縛著一條一尺多寬的帶子，後面結著一個方結。她們走路的時候，前面的衣服每一步一步的掀開來，所以紅色的圍裙，同肥白的腿肉，每能偷看。這是日本女子特別的美處；他在路上遇見女子的時候，注意的就是這些地方。他切齒的痛罵自己，畜生！狗賊！卑怯的人！也便是這個時候。

他看了那侍女的圍裙角，心頭便亂跳起來。愈想同她說話，但愈覺得講不出話來。大約那侍女是看得不耐煩起來了，便輕輕的問他說：

「你府上是什麼地方？」

一聽了這一句話，他那清瘦蒼白的面上，又起了一層紅色；含含糊糊的回答了一聲，他吶吶的總說不出話來。可憐他又站在斷頭台上了。

原來日本人輕視中國人，同我們輕視豬狗一樣。日本人都叫中國人作「支那人」，這「支那人」三字，在日本，比我們罵人的「賤賊」還更難聽，如今在一個如花的少女前頭，他不得不自認說：「我是支那人」了。

「中國呀中國，你怎麼不強大起來！」

他全身發起瘂來，他的眼淚又快滾下來了。

那侍女看他發顫發得厲害，就想讓他一個人在那裡喝酒，好教他把精神安鎮安鎮，所以對他說：

「酒就快沒有了，我再去拿一瓶來罷？」

停了一會他聽得那侍女的腳步聲又走上樓來。他以爲她是上他這裡來的，所以就把衣服整了一整，姿勢改了一改。但是他被她欺了。她原來是領了兩三個另外的客人，上間壁的那一間房間裡去的。那兩三個客人都在那裡對那侍女取笑，那侍女也嬌滴滴的說：

「別胡鬧了，間壁還有客人在那裡。」

他聽了就立刻發起怒來。他心裡罵他們說：

「狗才！俗物！你們都敢來欺侮我麼？復仇復仇，我總要復你們的仇。世間那裡有眞心的女子！那侍女的負心東西，你竟敢把我丟了麼？罷了罷了，我再也不愛女人了，我再也不愛女人了。我就愛我的祖國，我就把我的祖國當作了情人罷。」

他馬上就想跑回去發憤用功。但是他的心裡，卻很羨慕那間壁的幾個俗物。他的心裡，還有一處地方在那裡盼望那個侍女再回到他這裡來。

他按住了怒，默默的喝乾了幾杯酒，覺得身上熱起來。打開了窗門，他看太陽就快要下山去了。又連飲了幾杯，他覺得他面前的海景都朦朧起來。西面堤外的那燈台的黑影，長大了許多。一層茫茫的薄霧，把海天融混作了一處。在這一層渾沌不明的薄紗影裡，西方的將落不落的太陽，好像在那裡惜別的樣子。他看了一會，不知道是什麼緣故，只覺得好笑。呵呵的笑了一回，他用手擦擦自家那火熱的雙頰，便自言自語的說：

「醉了醉了！」

那侍女果然進來了。見他紅了臉，立在窗口在那裡痴笑，便問他說：

「窗開了這樣大，你不冷的麼？」

「不冷不冷，這樣好的落照，誰捨得不看呢？」

「你眞是一個詩人呀！酒拿來了。」

「詩人！我本來是一個詩人。你去把紙筆拿了來，我馬上寫一首詩給你看看。」

那侍女出去了之後，他自家覺得奇怪起來。他心裡想：

「我怎麼會變了這樣大膽的？」

痛飲了幾杯新拿來的熱酒，他更覺得快活起來，又禁不得呵呵笑了一陣。他聽見間壁房間裡的那幾個俗物，高聲的唱起日本歌來，他也放大了嗓子唱著說：

醉拍闌干酒意寒，江湖牢落又冬殘，
劇憐鸚鵡中州骨，未拜長沙太傅官，
一飯千金圖報易，五噫幾輩出關難，
茫茫煙水回頭望，也為神州淚暗彈。

高聲的念了幾遍，他就在席上醉倒了。

八

一醉醒來，他看看自家睡在一條紅綢的被裡，被上有一種奇怪的香氣。這一間房間也不很大，但已不是白天的那一間房間了。房中掛著一盞十燭光的電燈，枕頭邊上擺著了一壺茶，兩隻杯子。他倒了二三杯茶，喝了之後，就踉踉蹌蹌的走到房外去。

他開了門，卻好白天的那侍女也跑過來了。她問他說：

「你！你醒了麼？」

他點了一點頭，笑微微的回答說：

「醒了。便所是在什麼地方的？」

「我領你去罷。」

他就跟了她去。他走過日間的那條夾道的時間，電燈點得明亮得很。遠近有許多歌唱的聲音，三弦的聲音，大笑的聲音，傳到他耳朵裡來。白天的情節，他都想了出來。一想到酒醉之後，他對那侍女說的那些話的時候，他覺得面上又發起燒來。

從廁所回到房裡之後，他問那侍女說：

「這被是你的麼？」

侍女笑著說：

「是的。」

「現在是什麼時候了？」

「大約是八點四五十分的樣子。」

「你去開了賬來罷！」

「是。」

他付清了賬，又拿了一張紙幣給那侍女，他的手不覺微顫起來。那侍女說：

「我是不要的。」

他知道她是嫌少了。他的面色又漲紅了，袋裡摸來摸去，只有一張紙幣了，他就拿了出來給她說：

「你別嫌少了，請你收了罷。」

他的手震動得更加厲害，他的話聲也顫動起來了。那侍女對他看了一眼，就低聲的說：

「謝謝！」

他一直的跑下了樓，套上了皮鞋，就走到外面來。

外面冷得非常，這一天大約是舊曆的初八九的樣子。半輪寒月，高掛在天空的左半邊。淡青的圓形天蓋裡，也有幾點疏星，散在那裡。

他在海邊上走了一回，看看遠岸的漁燈，同鬼火似的在那裡招引他。細浪中間，映著了銀色的月光，好像是山鬼的眼波，在那裡開閉的樣子。不知是什麼道理，他忽想跳入海裡去死了。

他摸摸身邊看，乘電車的錢也沒有了。想想白天的事情看，他又不得不痛罵自己。

「我怎麼會走上那樣的地方去的，我已經變了一個最下等的人了。悔也無及，悔也無及。我就在這裡死了罷。我所求的愛情，大約是求不到的了。沒有愛情的生涯，豈不同死灰一樣麼？唉，這乾燥的生涯，這乾燥的生涯，世上的人又都在那裡仇視我，欺侮我，連我自家的親弟兄，自家的手足，都在那裡排擠我出去到這世界外去。我將何以爲生，我又何必生存在這多苦的世界裡呢！」

想到這裡，他的眼淚就連連續續的滴了下來。他那灰白的面色，竟同死人沒有分別了。他也不舉起手來揩揩眼淚，月光射到他的面上，兩條淚線，倒變了葉上的朝露一樣放起光來。他回轉頭來，看看他自家的又瘦又長的影子，不覺心痛起來。

「可憐你這清影，跟了我二十一年，如今這大海就是你的葬身地了。我的身子，雖然被人家欺辱，我可不該累你也瘦弱到這步田地的。影子呀影子，你饒了我罷！」

他向西面一看，那燈台的光，一霎變了紅一霎變了綠的，在那裡盡它的本職。那綠的光射到海面上的時候，海面就現出一條淡青的路來。再向西天一看，他只見西方青蒼蒼的天底下，有一顆明星，在那裡搖動。

「那一顆搖搖不定的明星的底下，就是我的故國。也就是我的生地。我在那一顆星的底下，也曾送過十八個秋冬，我的鄉土啊，我如今再也不能見你的面了。」

他一邊走著，一邊盡在那裡自傷自悼的想這些傷心的哀話。走了一會，再向那西方的明星看了一眼，他的眼淚便同驟雨似的落下來。他覺得四邊的景物，都模糊起來。把眼淚揩了一下，立住了腳，長歎了一聲，他便斷斷續續的說：

「祖國呀祖國！我的死是你害我的！

「你快富起來！強起來罷！

「你還有許多兒女在那裡受苦呢！」

一九二一年五月九日改作

銀灰色的死

（上）

雪後的東京，比平時更添了幾分生氣。從富士山頂吹下來的微風，總涼不了滿都男女的白熱的心腸。一千九百二十年前，在伯利恆的天空遊動的那顆明星出現的日期又快到了。街街巷巷的店鋪，都裝飾得同新郎新婦一樣，竭力的想多吸收幾個顧客，好添些年終的利澤，這正是貧兒富主，一樣繁忙的時候。這也是逐客離人，無窮傷感的時候。

在上野不忍池的近邊，在一群亂雜的住屋的中間，有一間樓房，立在澄明的冬天的空氣裡。這一家人家，在這年終忙碌的時候，好像也沒有什麼生氣似的，樓上的門窗，還緊緊的閉在那裡。金黃的日球，離開了上野的叢林，已經高掛在海青色的天體中間，悠悠的在那裡笑人間的多事了。

太陽的光線，從那緊閉的門縫中間，斜射到他的枕上的時候，他那一雙同胡桃似的眼睛，就睜開了，他大約已經有二十四五歲的年紀。在黑漆漆的房裡的光線裡，他的臉色更加覺得灰白，從他面上左右高出的顴骨，同眼下的深深的眼窩看來，他卻是一個清瘦的人。

他開了半隻眼睛，看著桌上的鐘，長短針正重疊在X字的上面。開了口，打了一個呵欠，他並不知道他自家是一個大悲劇的主人公，仍舊嘶嘶的睡著了。半醒半覺的睡了一忽，聽著間壁的掛鐘打了十一點之後，他才跳出被來。胡亂的穿好了衣服，跑下樓來，洗了手面，他就套上了一雙破皮鞋，跑上外面去了。

他近來的生活狀態，比從前大有不同的地方。自從十月底到如今，兩個月的中間，他每天晝夜顛倒的，到各處酒館裡去喝酒。東京的酒館，當壚①的大約都是十七八歲的少婦。他雖然知道她們是想騙他的金錢，所以肯同他鬧，同他樂的，然而一到

1賣酒。

了太陽西下的時候，他總不能在家裡好好的住著。有時候他想改過這惡習慣來，故意到圖書館裡去取他平時所愛讀的書來看，然而到了上燈的時候，他的耳朵裡，忽然有各種悲涼的小曲兒的歌聲聽見起來。他的鼻孔裡，有脂粉，香油，油沸魚肉，香菸醇酒的混合的香味到來。他的書的字裡行間，忽然跳出一個紅白的臉色來。一雙迷人的眼睛，一點一點的擴大起來。同薔薇花苞似的嘴唇，漸漸兒的開放起來，兩顆笑靨，也看得出來了。洋瓷似的一排牙齒，也看得出來了。他把眼睛一閉，他的面前，就有許多妙年的婦女坐在紅燈的影裡，微微的在那裡笑著。也有斜視他的，也有點頭的，也有把上下的衣服脫下來的，也有把雪樣嫩的纖手伸給他的。到了那個時候，他總不知不覺的跟了那隻纖手跑去，同做夢的一樣，走了出來。等到他的懷裡有溫軟的肉體坐著的時候，他才知道他是已經不在圖書館內了。

昨天晚上，他也在這樣的一家酒館裡坐到半夜過後一點鐘的時候，才走出來，那時候他的神志已經不清了。在路上跌來跌去的走了一會，看看四面並沒有人影，萬戶千門，都寂寂的閉在那裡，只有一行參差不齊的門燈黃黃的投射出了幾處朦朧的黑影。街心的兩條電車的路線，在那裡放磷火似的青光。他立住了足，靠著了大學的鐵欄杆，仰起頭來就看見了那十三夜的明月，同銀盆似的浮在淡青色的空中。他再定睛向四面一看，才知道清淨的電車線路上，電柱上，電線上，歪歪斜斜的人家的屋頂上，都灑滿了同霜也似的月光。他覺得自家一個人孤冷得很，好像同遇著了風浪後的船夫，一個人在北極的雪世界裡漂泊的樣子。背靠著了鐵欄杆，他儘在那裡看月亮。看了一會兒，他那一雙衰弱的老犬似的眼睛裡，忽然滾下了兩顆淚來。去年夏天，他結婚時候的景象，和走馬燈一樣，旋轉到他的眼前來了。

三面都是高低的山嶺，一面寬廣的空中，好像有江水的氣味蒸發過來的樣子。立在山中的平原裡，向這空空蕩蕩的方面一望，我們便能生出一種靈異的感覺出來，知道這天空的底下，就是江水了。在山坡的煞尾②的地方，在平原的起頭的區中，有幾點人家，沿了一條同曲線似的清溪，散在疏林蔓草的中間。有一天多情多夢的夏天的深更裡，因為天氣熱得很，他同他新婚的夫人，睡了一會，又從床上走了起來，到朝溪的窗口去納涼去。燈火已經吹滅了，月光從窗裡射了進來。在藤椅上坐下後，他看

2末尾、最後。

見月光射在他夫人的臉上。定睛一看，他覺得她的臉色，同大理白石的雕刻沒有半點分別。看了一會，他心裡害怕起來，就不知不覺的伸出了右手，摸上她的面上去。

「怎麼你的面上會這樣涼的？」

「輕些兒罷，快三更了，人家已經睡著在那裡，別驚醒了他們。」

「我問你，唉，怎麼你的面上會一點兒血氣都沒有呢？」

「所以我總是要早死的呀！」

聽了她這句話，他覺得眼睛裡一霎時的熱了起來。不知是什麼緣故，他就忽然伸了兩手，把她緊緊的抱住了。他的嘴唇貼上她的面上的時候，他覺得她的眼睛裡，也有兩條同山泉似的眼淚流下來。他們兩人肉貼肉的泣了許久，他覺得胸中漸漸兒的舒爽起來，望望窗外看，遠近都灑滿了皎潔的月光。抬頭看看天，蒼蒼的天空裡，有一條薄薄的雲影，浮漾在那裡。

「你看那天河……」

「大約河邊的那顆小小的星兒，就是我的星宿了。」

「什麼星呀？」

「織女星。」

說到這裡，他們就停著不說下去了。兩人默默地坐了一會，他又眼看著那一顆小小的星，低聲的對她說：

「我明年未必能回來，恐怕你要比那織女星更苦咧。」

他靠住了大學的鐵欄杆，呆呆的儘在那裡對了月光追想這些過去的情節。一想到最後的一句話，他的眼淚便連連續續的流了下來。他的眼睛裡，忽然看得見一條溪水來了。那一口朝溪的小窗，也映到他的眼睛裡來。沿著窗擺著的一張漆的桌子，也映到他的眼睛裡來。桌上的一張半明不滅的洋燈，燈下坐著的一個二十歲前後的女子，那女子的蒼白的臉色，一雙迷人的大眼，小小的嘴唇的曲線，灰白的嘴唇，都映到他的眼睛裡來。他再也支持不住了，搖了一搖頭，便自言自語的說：

「她死了，她是死了，十月二十八日那一個電報，總是眞的。十一月初四的那一封信，總也是眞的。可憐她吐血吐到氣絕的時候，還在那裡叫我的名字。」

一邊流淚，一邊他就站起來走。他的酒已經醒了，所以他覺得冷起來。到了這深更夜半，他也不願意再回到他那同地獄似的家裡去。他原來是寄寓在他的朋友的家裡的，他住的樓上，也沒有火缽，也沒有生氣，只有幾本舊書，橫攤在黃灰色的電燈光裡等他，他愈想愈不願意回去了，所以他就慢慢的走上上野的火車站去。原來日本火車站上的人是通宵不睡的，待車室裡，有火爐生在那裡，他上火車站去，就是想去烤火去的。

一直的走到了火車站，清冷的路上並沒有一個人同他遇見，進了車站，他在空空寂寂的長廊上，只看見兩排電燈，在那裡黃黃的放光。賣票房裡，坐著了二、三個女事務員，在那裡打呵欠。進了二等待車室，半醒半睡的坐了兩個鐘頭，他看看火爐裡的火也快完了。遠遠的有機關車的車輪聲傳來。車站裡也來了幾個穿制服的人在那裡跑來跑去的跑。等了一會，從東北來的火車到了。車站上忽然熱鬧起來，下車的旅客的腳步聲同種種的呼喚聲，混作了一處，傳到他的耳膜上來，跟了一群旅客，他也走出火車站來了。

出了車站，他仰起頭來一看，只見蒼色圓形的天空裡，有無數星辰，在那裡微動。從北方忽然來了一陣涼風，他覺得冷得難耐的樣子。月亮已經下山了。街上有幾個早起的工人，拉了車慢慢的在那裡行走，各店家的門燈，都像倦了似的在那裡放光。走到上野公園的西邊的時候，他忽然長嘆了一聲。朦朧的燈影裡，息息索索的飛了幾張黃葉下來，四邊的枯樹都好像活了起來的樣子，他不覺打了一個冷噤，就默默的站住了。靜靜兒的聽了一會兒，他覺得四邊並沒有動靜，只有那工人的車輪聲，同在夢裡似的，斷斷續續的傳到他的耳朵裡來，他才知道剛才的不過是幾張落葉的聲音。他走過觀月橋的時候，只見池的彼岸一排不夜的樓台都沉在酣睡的中間。兩行燈火，好像在那裡嘲笑他的樣子。他到家睡下的時候，東方已經灰白起來了。

（中）

這一天又是一天初冬的好天氣，午前十一點鐘的時候，他急急忙忙的洗了手面，套上了一雙破皮鞋，就跑出外面來。

在藍蒼的天蓋下、在和軟的陽光裡，無頭無腦的走了一個鐘頭的樣子，他才覺得飢餓起來。身邊摸摸看，他的皮包裡，還有五元餘錢剩在那裡。半月前頭，他看看身

裡，因為客人不多，所以並沒有廚子。靜兒的母親，從前也在西洋菜館裡當過壚的，因此她頗曉得些調味的妙訣。他從前身邊沒有錢的時候，大抵總跑上靜兒家裡去的，一則因為靜兒待他周到得很，二則因為他去慣了，靜兒的母親也信用他，無論多少，總肯替他掛帳的。他酒醉的時候，每對靜兒說他的亡妻是怎麼好，怎麼好，怎麼被他母親虐待，怎麼的染了肺病，死的時候，怎麼的盼望他。說到傷心的地方，他每流下淚來，靜兒有時候也肯陪他哭的。他在靜兒家裡進出，雖然還不上兩個月，然而靜兒待他，竟好像同待幾年前的老友一樣了。靜兒有時候有不快活的事情，也都告訴他的。據靜兒說，無論男人女人，有秘密的事情，或者有傷心的事情的時候，總要有一個朋友，互相勸慰的能夠講講才好。他同靜兒，大約就是一對能互相勸慰的朋友了。

半月前頭，他也不知道從什麼地方聽來的，只聽說「靜兒要嫁人去了」。他因為不願意直接把這話來問靜兒，所以他只是默默的在那裡察靜兒的行狀。因為心裡有了這一條疑心，所以他覺得靜兒待他的態度，比從前總有些不同的地方。有一天將夜的時候，他正在靜兒家裡坐著喝酒，忽然來了一個三十來歲的男人。靜兒見了這男人，就丟下了他，去同那男人去說話去。靜兒走開了，所以他只能同靜兒的母親去說些無關緊要的閒話。然而他一邊說話，一邊卻在那裡注意靜兒和那男人的舉動。等了半點多鐘，靜兒還儘在那裡同那男人說笑，他等得不耐煩起來，就同傷弓的野獸一般，匆匆的走了。自從那一天起，到如今卻有半個月的光景，他還沒有上靜兒家裡去過。同靜兒絕交之後，他喝酒更加喝得厲害，想他亡妻的心思，也比從前更加沉痛了。

「能互相勸慰的知心好友！我現在上那裡去找得出這樣的一個朋友呢！」

近來他於追思亡妻之後，總要想到這一段結論上去。有時候他的亡妻的面貌，竟同靜兒的混到一處來。同靜兒絕交之後，他覺得更加哀傷更加孤寂了。

他身邊摸摸看，皮包裡的錢只有五元餘了。他就想把這事作了口實，跑上靜兒的家裡去。一邊這樣的想，一邊他又想起《坦好直》（Tannhäuser）[5]裡邊的「盎縣罷哈」（Wolfram von Eschenbach）[6]來。

5常譯為《唐懷瑟》，全名為《唐懷瑟與瓦特堡歌唱大賽》（Tannhäuser und der Sängerkrieg auf Wartburg），是德國作曲家理查·華格納的一部歌劇，於一八四五年首演。

6常譯為埃申巴赫，是一位德國騎士，同時也是詩人。他被視為是中世紀最傑出的史詩作家之一。

「千古的詩人盍縣罷哈（Eschenbach）呀！我佩服你的大量。我佩服你眞能用高潔的心情來愛『愛利查陪脫（Elisabeth）⑦』。」

想到這裡，他就唱了兩句《坦好直》裡邊的唱句，說。

Dort ist sie; nahe dich ihr ungestört!
……
So flieht für dieses Leben
mir jeder Hoffnung Schein!
（Wagners Tannhäuser Zweiter Aufzug 2.Auftritt）⑧

（你且去她的裙邊，去算清了你們的相思舊債！）

---

7 常譯為伊莉莎白。
8 此段出自於華格納的歌劇《唐懷瑟》第二幕第二場景。

（可憐我一生孤冷！你看那鏡裡的名花，又成了泡影！）

念了幾遍，他就自言自語的說：「我可以去的，可以上她的家裡去的，古人能夠這樣的愛他的情人，我難道不能這樣的愛靜兒麼？」

看他的樣子，好像是對了人家在那裡辯護他目下的行爲似的，其實除了他自家的良心以外，並沒有人在那裡責備他。

遲遲的走到靜兒家裡的時候，她們母女兩個，還剛才起來。靜兒見了他，對他微微的笑了一臉，就問他說。

「你怎麼這許久不上我們家裡來？」

他心裡想說。

「你且問問你自家看罷。」

但是見了靜兒那一副柔和的笑容，他什麼也說不出來。所以他只回答說：「我因爲近來忙得非常。」

靜兒的母親聽了他這一句話之後，就佯嗔佯怒的問他說：

「忙得非常？靜兒的男人說近來你倒還時常上他家裡去喝酒去的呢。」

靜兒聽了她母親的話，好像有些難以爲情的樣子，所以對她母親說：

「媽媽！」

他看了這些情節，就追問靜兒的母親說：

「靜兒的男人是誰呀？」

「大學前面的那一家酒館的主人，你還不知道麼？」

他就回轉頭來對靜兒說：

「你們的婚期是什麼時候？恭喜你，希望你早早生一個兒子，我們還要來吃喜酒哩。」

靜兒對他呆看了一忽，好像要哭出來的樣子。停了一會兒，靜兒問他說，「你喝酒麼？」

他聽她的聲音，好像是在那裡顫動的樣子。他也忽然覺得凄涼起來，一味悲酸，同暈船的人的嘔吐似的，從肚裡擠上心來。他覺得一句話也說不出口，只能把頭點了幾點，表明他是想喝酒的意思，他對靜兒看了一眼，靜兒也對他看了一眼，兩人的視線，同電光似的閃發了一下，靜兒就三腳兩步的跑出外面去替他買下酒的菜去了。

靜兒回來了之後，她的母親就到廚下去做菜去，菜還沒好，酒已經熱了。靜兒就照常的坐在他面前，替他酌酒，然而他總不敢抬起頭來看靜兒一眼，靜兒也不敢仰起來看他。靜兒也不言語，他也只默默的在那裡喝酒。兩人呆呆的坐了一會兒，靜兒的母親從廚下叫靜兒說。

「菜做好了，來拿了去罷！」

靜兒聽了這話，卻兀的不動。他不知不覺的偷看了一眼。靜兒好像在那裡落淚的樣子。

他胡亂的喝了幾杯酒，吃了幾盤菜，就歪歪斜斜的走了出來。外邊街上，人聲嘈雜得很。穿過了一條街，他就走到一條清靜的路上去。走了幾步，走上朝西的長坂的時候，看看太陽已經打斜了。遠遠的回轉頭來一看，植物園內的樹林的梢頭，都染了一片絳黃的顏色。他也不知是什麼緣故，對了西邊地平線上溶在太陽光裡的遠山，和遠近的人家的屋瓦上的殘陽，都起了一種惜別的心情。呆呆的看了一會兒，他就回轉了身，背負了夕陽的殘照，向東的走上長坂去了。

同在夢裡一樣，昏昏的走進了大學的正門之後，他忽聽見有人叫他說。

「Y君，你上哪裡去！年底你住在東京麼？」

他仰起頭來一看，原來是他的一個同學。新剪的頭髮，穿了一套新做的洋服，手裡拿了一隻旅行的籐篋⑨，他大約是回家去過年去的。他對他同學一看，就作了笑容，慌慌忙忙地回答說：

「是的，我什麼地方都不去，你回家去過年去麼？」

「對了，我是回家去的。」

「你見你情人的時候，請你替我問問安罷。」

「可以的，她恐怕也在那裡想你咧。」

「別取笑了，願你平安回去，再會再會。」

「再會再會，哈……」

他的同學走開了之後，他一個人冷冷清清的在薄暮的大學園中，呆呆的立了許多

9 放東西的箱子。

時候，好像瘋了似的。呆了一會，他又慢慢的向前走去，一邊卻自言自語的說：

「他們都回家去了。他們都是有家庭的人。Oh! home! Sweet home!⑩」

他無頭無腦的走到了家裡，上了樓，在電燈底下坐了一會，他那昏亂的腦髓，把剛才在靜兒家裡聽見過的話想了出來：

「不錯不錯，靜兒的婚期，就在新年的正月裡了。」

他想了一會兒，就站了起來，把幾本舊書，捆作了一包，不慌不忙的把那一包舊書拿到學校前邊的一家舊書舖裡來。辦了一個天大的交涉，把幾個大天才的思想，僅僅換了九元餘錢，有一本英文的詩文集，因爲舊書舖的主人，還價還得太賤了，所以他仍舊不賣。

得了九元餘錢，他心裡雖然在那裡替那些著書的天才抱不平，然而一邊他卻滿足得很。因爲有了這九元餘錢，他就可以謀一晚的醉飽，並且他的最大的目的，也能達得到了。（就是用幾元錢去買些禮物送給靜兒。）

10 英文意為：「喔！家，甜蜜的家！」

從舊書鋪走出來的時候，街上已經是黃昏的世界了，在一家賣女子用的裝飾品的店裡，買了些麗綃（Ribbon）[11]犀簪（Ornamental Hairpin）[12]同兩瓶紫羅蘭的香水，他就一直的跑上靜兒的家裡來。

靜兒不在家，她的母親只有一個人在那裡烤火。見他又進來了，靜兒的母親好像有些嫌惡他的樣子，所以問他說。

「怎麼你又來了？」

「靜兒上哪裡去了？」

「去洗澡去了。」

聽了這話，他就走近她的身邊去，把懷裡藏著的那些麗綃香水拿出來，對她說：

「這一些兒微物，請你替我送給靜兒，就算了我送給她的嫁禮罷。」

靜兒的母親見了那些禮物，就滿臉的裝起笑容來說：

11 絲帶、緞帶。
12 簪、髮夾。

「多謝多謝，靜兒回來的時候，我再叫她來道謝罷。」

他看看天色已經晚了，就叫靜兒的母親再去替他燙一瓶酒，做幾盤菜來。他喝酒正喝到第二瓶的時候，靜兒回來了。靜兒見他又坐在那裡喝酒，不覺呆了一呆，就問他說：

「啊，你又……」

靜兒到廚下去轉了轉，同她的母親說了幾句話，就回到他哪裡來。他以爲她是來道謝的，然而關於剛才的禮物的話，她卻一句也不說，呆呆的坐在他的面前，儘一杯一杯的在那裡替他斟酒。到後來他拚命的叫她取酒的時候，靜兒就紅了兩眼，對他說：

「你不喝了罷，喝了這許多酒，難道還不夠麼？」

他聽了這話，更加痛飲起來。他心裡的悲哀的情調，正不知從那裡說起才好，他一邊好像是對了靜兒，已經復了仇，一邊好像是在那裡哀悼自家的樣子。

在靜兒的床上醉臥了許久，到了半夜後二點鐘的時候，他才踉踉蹌蹌的跑出靜兒的家來。街上岑寂得很，遠近都灑滿了銀灰色的月光，四邊並無半點動靜，除了一聲兩聲的幽幽的犬吠聲之外，這廣大的世界，好像是已經死絕了的樣子。跌來跌去的走了一會，他又忽然遇著了一個賣酒食的夜店。他摸摸身邊看，袋裡還有四、五張五角錢的鈔票剩下。

在夜店裡他又重新飲了一個盡量。他覺得大地高天，和四周的房屋，都在那裡旋轉的樣子。倒前衝後的走了兩個鐘頭，他只見他的面前現出了一塊大大的空地來。月光的涼影，同各種物體的黑影，混合了一團，映到他的眼睛裡來。

「此地大約已經是女子醫學專門學校了。」

這樣的想了一想，神智清了一清，他的腦子裡，又起了痙攣來。他又不是現在的他了。幾天前的一場情景，又同電影似的，飛到他的眼面前來。

天上飛滿了灰色的寒雲，北風緊得很。在落葉蕭蕭的樹影裡，他站在上野公園的精養軒的門口，在那裡接客。

這一天是他們同鄉開會歡迎W氏的日期。在人來人往之中，他忽然看見一個十七八歲的女子，穿了女子醫學專門學校的制服，不忙不迫的走來赴會。他初起見她面的時候，不覺呆了一呆。

等那女子走近他身邊的時候，他才同夢裡醒轉來的人一樣，慌慌忙忙的走上前去，對她說：

「你把帽子外套脫下來交給我罷。」

兩個鐘頭之後，歡迎會散了。那時候差不多已經有五點鐘的光景。出口的地方，取帽子外套的人，擠得厲害。他走下樓來的時候，見那女子還沒穿外套，呆呆的立在門口。他就走上去問她說：

「你的外套去取了沒有？」

「還沒有。」

「你把那銅牌交給我，我替你去取罷。」

「謝謝。」

在蒼茫的夜色中，他見了她那一副細白的牙齒，覺得心裡爽快得非常。把她的外套帽子拿來了之後，他就跑過後面去，替她把外套穿上了。她回轉頭來看了他一眼，就急急的從門口走了出去。

他追上了一步，放大了眼睛看了一忽，她那細長的影子，就在黑暗的中間消滅了。

想到這裡，他覺得她那纖軟的身體剛在他面前擦過的樣子。

「請你等一等罷！」

這樣的叫了一聲，上前衝了幾步，他那又瘦又長的身體，就橫倒在地上了。

月亮打斜了。女子醫學校前的空地上，又增了一個黑影。四邊靜寂得很。銀灰色的月光，灑滿了那一塊空地，把世界的物體都淨化了。

（下）

十二月二十六日的早晨，太陽依舊由東方升了起來。太陽的光線，射到牛込區役所前的揭示場的時候，有一個區役所的老僕，拿了一張告示，貼上揭示場的板上來。那一張告示說：

行路病者⑬，

年齡約可二十四五之男子一名，身長五尺五寸，貌瘦，色枯黃，顴骨頗高，髮長數寸，亂披額上，此外更無特徵。

衣黑色嗶嘰⑭舊洋服。衣袋中有Ernest Dowson's *Poems and Prose*⑮一冊，五角鈔票一張，白綾手帕一方，女人物也，上有S. S.等略字。

身邊有黑色軟帽一，穿黃色淺皮鞋，左右各已破損。

病爲腦溢血。死後約可四點鐘。本月二十六日午前九時，在牛込若松町女子醫學專門學校前之空地上發現。因不知死者姓名住址，故爲代付火葬。

牛込區役所

13路邊生病的人。

14一種薄的毛織品，密度較小且具斜紋。也稱為「羽緞」。

15英文意為「歐內斯特．道森的《詩與散文》」，道森為英格蘭詩人、小說家，頹廢文學運動的代表。

一九二〇年作[16]

16本篇〈銀灰色的死〉最初發表於一九二一年七月七日至九日、十一日至十三日的上海《時事新報・學燈》，並署名為T.D.Y.。文末並附上一段英文附記：「P. S. The reader must bear in mind that this is an imaginary tale; after all the author can not be responsible to its reality. One word, however, must be mentioned here that he owes much obligation to R. L. Stevenson' s "A Lodging for the Night"and the life of Ernest Dowson for the plan of this unambitious story.」（小說集《沉淪》初版時亦有收錄此附記，後來的版本則刪掉了附記）。附記主要說明：小說純屬虛構，作者不對其真實性負責，亦無任何企圖，內容多取材自於英國小說家史蒂文森的《一夜之宿》及英國詩人歐內斯特・道森的生平。

二詩人

（一）二詩人

詩人的何馬，想到大世界①去聽滴篤班②去，心裡在作打算。「或者我將我的名片拿出去，守門的人可以不要我的門票。」他想。因爲他的名片右角上，有「末世詩人」的四個小字，左角邊有《地獄》、《新生》、《伊利亞拉》的著者的一行履歷寫在那裡。「不好不好，守門的那些俗物，若被他們知道了我去逛大世界，恐怕要看穿我的沒有腎臟病，還是去想法子，叫老馬去想法子弄幾個錢來，買一張門票進去的

1位於上海，建於一九一七年，內設劇場、電影場、書場、雜耍臺、商場、中西餐館等，曾經是上海最吸引市民的娛樂場所。

2越劇形成初期的俗稱，因角色在篤鼓、尺板的滴篤聲中出場，故稱滴篤班。

好。」他住的三江里的高樓外，散佈著暮春午後的陽光和乾燥的空氣。天色實在在挑逗他的心情，要他出去走走，去得些煙世披利純③來作詩。

「——嗯嗯，煙世披利純！」

「——噢噢，煙世披利純呀！」

這樣的用了很好聽的節調，輕輕地唱著哼著，他一邊搖著頭，一邊就摸下二層樓去。走下了扶梯，到扶梯跟前二層樓的亭子間門口，他就立住了。

也是用了很緩慢的節奏，向關在那裡的亭子間的房門，篤洛篤洛篤的敲了幾下，他伏下身體，向鑰匙眼裡，很幽很幽的送了幾句話進去。

「喂！老馬，詩人又來和你商量了！你能夠想法子再去弄兩塊錢來不能？」

老馬在房裡吃了一驚，急忙開了眼睛，丟下了手裡的讀本，輕輕的走向房門口來，也伏倒了身體，舉起嘴巴，很幽的向鑰匙眼裡說：

「老何，喂，你這樣的花錢，怕要被她看穿，何以這一位何大人會天天要錢花？

3音譯自「靈感」的英文inspiration。

老何，你還是在房裡坐著作首把詩罷！回頭不要把我們這一個無錢飲食宿泊處都弄糟。」

說著，他把幾根鼠鬚動了一動！兩隻眉毛也彎了下來，活像寺院裡埋葬死屍的園丁。

「喂，老馬，你再救詩人一回急，再去向她撒一個謊，想想法子看罷！我只教再得一點煙世披利純，這一首《沉魚落雁》就可以完工，就好出書賣錢了，喂，老馬！

「請你再救一回詩人，

「再讓我得些煙世披利純，

「《沉魚落雁》，大功將成，

「那時候，你我和她——我那可愛的房主人——

「就可以去大吃一頓！

「唉唉，大吃一頓！」

何詩人在鑰匙眼裡，輕輕的，慢慢的，用了節奏，念完這幾句即席口占的詩之後，手又向房門上篤洛篤洛篤的敲了幾下。

房門裡的老馬，更彎了腰，皺了眉頭，用手向頭上的亂髮搔了幾搔。兩人各彎著腰，隔著一重門，向鑰匙眼默默的立了好久。終究還是老馬硬不過詩人，把房門輕輕地開了。詩人見了老馬的那種悒鬱懊惱，歪得同豬臉嘴一樣的臉色，也就立刻皺起眉來，裝了一副憂鬱的形容來陪他。一邊慢慢的走進房去，一邊詩人就舉起一隻右手，按上心頭，輕輕的自對自的說：「唉唉，這腎臟病，這腎臟病，我怕就要死了，在死之前了。」

看過去，詩人的面貌，真像約翰生博士④的畫像。因爲詩人也是和約翰生博士一樣，長得很肥很胖，實在是沒有什麼旁的病好說，所以只說有腎臟病；而前幾天他又看見了鮑司惠⑤而著的那本約翰生大傳⑥，並這一本傳上面的一張約翰生博士的畫像。

---

4 常譯為詹森博士，即塞繆爾・詹森（Samuel Johnson），英國歷史上最有名的文人之一，因《詹森字典》贏得了聲譽及「博士」的頭銜。

5 常譯為包斯威爾，即詹姆士・包斯威爾（James Boswell），蘇格蘭傳記作家，被認為是現代傳記寫作形式的開創者。

6 《詹森傳》（The life of Samuel Johnson）是詹姆士・包斯威爾為塞繆爾・詹森寫的傳記。

他費了許多苦心，對鏡子模學了許久約翰生在畫像上的憂鬱的樣子，今天終於被他學像了。

詩人的朋友老馬，馬得烈，飽吃了五六碗午飯，剛在亭子間裡翻譯一首法文小學讀本上的詩：

球兒飛上天，球兒掉下地，
馬利跑過來，馬利跑過去，
球兒球兒不肯飛，馬利不歡喜……
…………

翻到這裡，他就昏昏的坐在那裡睡著了，被詩人篤洛篤洛篤的一來，倒吃了一驚，所以他的臉色，是十分不願意的樣子。但是和詩人硬了一陣，終覺得硬不過去，只好開門讓詩人進來，他自己也只好挺了挺身子，走下樓去辦交涉去。

樓底下，是房主人一位四十來歲的風騷太太的睡房。她男人在漢口做茶葉生意，頗有一點積貯。馬得烈走到了房東太太的跟前，房東太太才從床上坐了起來，手裡還拿著那本詩人何馬獻給她的《伊利亞拉》，已經在身底下壓得皺痕很多，像一隻油炸餛飩了。

馬得烈把口角邊的鼠鬚和眉毛同時動了一動，勉強裝著微笑，對立在他眼底下的房東太太說：

「好傢伙，你還在這裡念我們大人的這首獻詩？大人正想出去和你走走，得點新的煙世披利純哩！」

房東太太向上舉起頭來──因爲她生得很矮小，而馬得烈卻身材很高大，兩人並立起來，要差七八寸的樣子──喜歡得同小孩子似的叫著說：

「哈哈哈哈，眞的嗎？──你們大人眞好，要是誰嫁了你們的大人，這一個人才算有福氣哩！詩又那麼會作，外國又去過，還做過詩文專修大學的校長！啊啊，可惜，可惜我今天不能和你們出去，因爲那隻小豬還沒有閹好，午後那個閹豬的老頭兒還要來哩！」

這位房東太太最喜歡養小豬。她的愛豬，同愛詩人一樣，侍候得非常周到，今天早晨她特地跑了十幾里路，去江灣請了一位閹豬匠來，閹豬匠答應她午後來閹，所以她懊惱得很，恨這一次不能和詩人一道出去散步。

馬得烈被她那麼一說，覺得也沒有什麼話講，所以只搔了一搔頭，向窗外的陽光瞥了一眼，含糊地咕嚕著：

「啊啊，你看窗外的春光多麼可愛呀！……大人……大人說，可惜，可惜他那張匯票還沒有好拿……」

原來馬得烈和何馬，是剛回國的留學生，是一對失業的詩人。他們打聽了這一家房東女人的愛慕詩人，才扮作了主從兩個，到此地來租房子住的。何馬已經出了許多詩集了，並且年紀也輕一點，相貌也好一點，所以就當作主人。馬得烈還正在翻譯一本詩集，沒有翻好，所以只好當作僕人，在房東太太跟前，只是大人大人的稱何馬，好示一點威勢。一面在背後向她吹了許多大話，說他——何大人——是一位中國頂大的詩人，他——何大人——家裡是做大官的，他——何大人——還沒有結過婚，他——何大人——最喜歡和已經生育過兒女的像聖母一樣的女性交遊，他——何大人——不久要被外國請去做詩文專修大學的校長，等等，等等。結果弄得這位商人之婦喜歡得了不得，於是他們兩人的住宿膳食，就一概由房東太太無償供給，現在連零用都可以向她去支取了。可是昨天晚上，馬得烈剛在她那裡拿了兩塊錢來，兩人去看了一晚電影，若今天再去向她要錢，實在有點難以爲情，所以他又很巧妙的說了一個謊，說何大人的匯票還沒有到期，不好去取錢用。房東太太早就看出了他的意思，向床頭的鏡箱裡一翻，就用了兩個指頭夾出了兩張中南小票⑦來。

馬得烈笑歪了臉，把頭和身子很低很低的屈了下去，兩隻手托出在頭上，像電影裡的羅馬家奴，向主人捧呈什麼東西似的姿勢。她把票子塞在他手裡之後，馬得烈很急速地旋轉了身，立了起來，就拚命的向二層樓上跑。一邊亭銅亭銅的跑上扶梯去，一邊他嘴裡還在叫：

「邁而西，馬彈姆，邁而西，馬彈姆！⑧」

7 中南銀行發行的小額鈔票。

8 法文「謝謝，夫人」（Merci, madame!）的音譯。

（二）滴篤聲中

馬得烈從樓下的房東太太那裡騙取了兩張中南小票後，拚命的就往二層樓上跑。他嘴裡的幾句「邁而西，馬彈姆！」還沒有叫完，剛跳上扶梯的頂邊，就白彈的一響，詩人何馬卻四腳翻朝了天，叫了一聲：「媽啊，救命，痛煞了！」

原來馬得烈去樓下向房東太太設法支零用的時候，詩人何馬卻幽腳幽手從亭子間裡摸了出來，以一隻手靠上扶梯的扶手，彎了腰，豎起耳朵，儘在扶梯頭向樓下竊聽消息。詩人聽到了他理想中的如聖母一樣的這位房東太太稱讚他的詩才的一段話，就一個人張了嘴，放鬆了臉，在私下喜笑。這中間他把什麼都忘了，只想再做一篇《伊利亞拉》來表示他對這一位女性的敬意，卻不防馬得烈會跑得如此之快，和煙世披利純一樣的快，而來兜頭一衝，把他衝倒在地上的。

詩人在不注意的中間，叫了一聲大聲的「媽啊」之後，睜開眼睛來看看，只見他面前立著的馬得烈，手裡好好的捏著了兩張鈔票，在那裡向地上呆著。看見了鈔票，詩人就馬上變了臉色，笑涔涔地直躺在樓板上，降低了聲音，好像是怕被人聽見似的幽幽的問馬得烈說：

「老馬！又是兩塊麼？好極好極，你快來扶我起來，讓我們出去。」

馬得烈向前踏上了一步，在扶起這位很肥很胖的詩人來的時候，實在費了不少的氣力。可是費力不討好，剛把詩人扶起了一半的當兒，綽啦一響，詩人臉上的那副洛克式的平光眼鏡又掉下地來了。

詩人還沒有站立起身，臉上就作了一副悲悼的形容，又失聲叫了一聲「啊嚇」！兩人立穩了身體，再伏下去檢查打碎的眼鏡片的時候，詩人又放低了聲音，「啊嚇，啊嚇，這怎麼好？這怎麼好？」的接連著幽幽的說了好幾次。

撿起了兩分開的玻璃片和眼鏡框子，兩人走到亭子間去坐定之後，詩人又連發了幾聲似乎帶怨恨的「這怎麼好？」，馬得烈伏倒了頭，儘是一言不發地默坐在床沿上，彷彿是在悔過的樣子。詩人看了他這副樣子，也只好默默不響了。結果馬得烈坐在床沿上看地板，詩人坐在窗底下的擺在桌前的小方凳上，看屋外的陽光，竟靜悄悄地同死了人似的默坐了幾分鐘。在這幕沉默的悲劇中間，樓底下房東太太床前的擺鐘卻堂堂的敲了兩下。

聽見了兩點鐘敲後，兩人各想說話而又不敢的儘坐在那裡嚴守沉默。詩人回過頭來，向馬得烈的還捏著兩張鈔票支在床沿上的右手看了一眼，就按捺不住的輕輕對馬得烈說：

「老馬，我很悲哀！」

停了一會，看看馬得烈還是悶聲不響，詩人就又用了調解似的口氣，對馬得烈說：

「老馬，兩塊玻璃都打破了，你有什麼好法子想？」

馬得烈聽了詩人這句話後，就想出了許多救急的法子來，譬如將破玻璃片用薄紙來糊好，仍復裝進框子裡去，好在打得不十分碎，或者竟用了油墨，在眼圈上畫它兩個黑圈，就當作了眼鏡之類。然而詩人都不以爲然，結果還是他自己的煙世披利純來得好，放開手來向腿上拍了一拍，輕輕對馬得烈說：

「有了，有了，老馬！我想出來了。就把框子邊上留著的玻璃片拆拆乾淨，光把沒有鏡片的框子戴上出去，豈不好麼？」

馬得烈聽了，也喜歡得什麼似的，一邊從床沿上站跳了起來，一邊連聲的說：

「妙極，妙極！」

三十分鐘之後，穿著一身破舊洋服的馬得烈和只戴著眼鏡框子而沒有玻璃片的詩人何馬，就在大世界的露天園裡闊步了。

這一天是三月將盡的一天暮春的午後，太陽曬得宜人，天上也很少雲障，大世界的遊人，比往常更加了一倍。薰風一陣陣的吹來，吹得詩人興致勃發。走來走去的走了一陣，他們倆就尋到了滴篤班的臺前去坐下。詩人擱起了腿，張大了口，微微地笑著，一個斜駝的身子和一個載在短短的頸項上的歪頭，盡在合著了滴篤的拍子，向前後左右死勁的擺動。在這滴篤的聲中，他忘記了自己，忘記了旁邊也是張大了口在搖擺的馬得烈，忘記了剛才打破而使他悲哀的鏡片，忘記了腎臟病，忘記了房東太太，忘記了大小各悲哀，總而言之，他這時候是——以他自己的言語來形容——譬如坐在奧連普斯山⑨上，在和詩神們談心。

9 現一般譯為奧林匹斯山。

在這一個忘我的境界裡翱翔了不久，詩人好像又得了新的煙世披利純似的突然站了起來，用了很嚴肅的態度，對旁邊的馬得烈說：

「老馬，老馬，你來！」

兩隻手支住了司的克⑩，張著嘴，搖著身子，正聽得入神的馬得烈，被詩人那麼一叫，倒吃了一驚。呆呆向正在從人叢中擠出去的詩人的圓背看了一會，他也只好立起來，追跟出去。詩人慢慢的在前頭踱，他在後頭跟，到了門樓上高塔下的那間二層樓空房的角裡，詩人又輕輕地很神秘的回過頭來說：

「老馬，老馬，你來，到這裡來！」

馬得烈走近了他的身邊，詩人更向前後左右看了一周，看有沒有旁人在看著。他確定了四周的無人，就拉了馬得烈的手，仍復是很神秘的很嚴肅的對馬得烈說：

「老馬，老馬，請你用力向我屁股上敲它兩下！」

馬得烈弄得莫名其妙，只是張大了眼睛，在向他呆著。他看見了詩人眼睛上的那

---

10 英文手杖（stick）的音譯。

副只有框子而沒有玻璃的眼鏡，就不由自主的浦的一聲哄笑了出來。詩人還是很嚴肅很神秘的在擺著屁股，叫他快敲。他笑了一陣，詩人催了一陣，終究爲詩人臉上的那種嚴肅神秘的氣色所屈服，就只好舉起手來，用力向詩人的屁股上撲撲的敲了幾下。

詩人被敲之後，臉上就換了一副很急迫的形容，匆匆的又對馬得烈說：

「謝謝，老馬，你身邊有草紙沒有？我……我要出恭去。」

馬得烈向洋服袋裡摸索了一回，摸出了一張有一二行詩句寫著的原稿廢紙來給他。詩人匆忙跑下樓去大便的中間，馬得烈靠住了牆欄，在看底下馬路上正在來往的車馬行人。他看一陣太陽光下的午後的街市，又想一陣詩人的現在的那種奇特的行爲，自家一個人就呵呵呵呵的笑了起來。

原來詩人近來新患痔疾，當出恭之前，若非加上一種暴力，使肛門的神經麻痺一點，糞便排泄的時候，就非常之痛。等詩人大便回來，經了馬得烈的再三盤問，他才很羞澀的把這理由講給了馬得烈聽。這時候詩人的臉色已因大便時的創痛而變了灰白，他的聽滴篤班的興致也似乎減了。慢慢地拖著腿走了幾步，他看看西斜的日腳，就催馬得烈說：

「老馬，時候已經不早了，我們回去罷！」

馬得烈朝他看了一眼，見了他那副眼鏡框子，正想再哄笑出來的時候，又想起了他的痔瘡，和今天午後在扶梯頭朝天絆倒時的悲痛的叫聲，所以只好微笑著，裝了一副同情於他的樣子回答他說：

「好，我們回去罷！」

(三) 到街頭

一

詩人何馬和馬得烈聽了滴篤班出來，立在大世界的門口步道沿上，兩隻眼睛同鷹虎似的光著突向眼鏡圈的外面，上半身斜伏出在腰上，駝著背，彎著腰，並立著腳，兩手揑緊拳頭，向後放在突出的屁股的兩旁，做了一個矢在弦上的形勢。彷彿是當操體操的時候，得了一個開快步跑的預令，最後的一個跑字還沒有下來的樣子，詩人的頭儘在向東向西，伸直了短短的脖子，在很急速嚴密的注視探看。因爲當這將晚的時候，外灘的各公司裡，剛關上門，所以愛多亞路的大道上來往的汽車一乘乘的接連不斷。生來膽子就柔和脆弱，同兔兒爺一樣的詩人何馬，又加上以百四十斤內外的一個團團肉體，想於這汽車飛舞的中間，橫過一條大街，本來是大不容易的事情。結果我們這一位性急的詩人，放出勇氣，急急促促的運行了他那兩隻開步開不大的短腳，合著韻律的急迫原則地搖動他兩隻揑緊拳頭的手，同貓跳似的跑出去又跑回來跑出去又跑回來的跑了好幾趟。終竟是馬得烈歲數大一點，有了忍耐的修養，當何詩人在步道沿邊和大道中心之間在演那快步回還的趣劇的當中，他只突出屁股彎著腰，揑著拳頭，搖轉著眼睛，只在保持著他那持滿不發的開快步跑的預備姿勢。

資本主義的利器，四輪一角的這文明的怪物，好像在和詩人們作對，何馬與馬得烈的緊張的態度，持續了三十分鐘之後，才能跑過到馬路的這一邊來，那時候天上的春星已經和詩人額上的汗珠一樣，一顆顆的在昏黃的空氣裡搖動了。

詩人何馬，先立住了腳，拿出手帕來揩了一揩頭，很悲哀而緩慢的對馬得烈說：

「喂，老馬，你認不認得回家去的電車路？在這一塊地方我倒認不清哪一條路是走上電車站去的。」

馬得烈茫茫然舉著頭向四周望了一望，也很悲哀似的回答說：

「我，我可也認不得。」

二詩人朝東向西的走了一陣，到後來仍復走到了原地方的時候，方才覺悟了他們自己的不識地理，何馬就回轉頭來對馬得烈說：

「老馬，我們詩人應該要有覺悟才好。我想，今後詩人的覺悟，是在坐黃包車！」

馬得烈很表同情似的答應了一個「烏衣」之後，何詩人就舉起了他那很奇怪的聲氣，加上了和讀詩時候一樣的抑揚，叫了幾聲：

「黃——汪——包車！」

詩人這樣的昂著頭唱著走著，馬路上的車伕，彷彿是以爲他在念詩，都只舉了眼睛朝他看著，沒有一個跑攏來兜他們的買賣的，倒是馬得烈聽得不耐煩了，最後就放了他沉重宏壯同牛叫似的聲氣，「黃包車！」的大喝了一聲。

道旁的車伕和前面的詩人，經了這雷鳴似的一擊，都跳了起來。詩人在沒有玻璃的眼鏡框裡張大了眼睛，回轉身來呆立住了，車伕們也三五爭先的搶了攏來三角角子兩角洋錮⑪的在亂叫。

講了半天的價錢，又突破了一重包圍的難關，在車斗⑫裡很安樂的坐定，苦力的兩隻飛腿一動之後，詩人的煙世披利純又來了。

「噢噢呵！我回來了，我的聖母！

「我聽了一曲滴篤的高歌，噢噢呵！

「我發了幾聲嗚呼，發了幾聲嗚呼！

「…………」

正輕輕的在車斗裡搖著身體唸到這裡，車子在一個燈火輝煌的三岔路口拐了彎，哼的一陣，從黃昏的暖空氣裡，撲過了一陣油炸臭豆腐的氣味來。詩人的肚裡，同時也咕嘍嘍的響了一聲。於是飢餓的實感，就在這《日暮歸來》的詩句裡表現出來了：

11 角子意為錢幣，洋錮意為銀元。
12 指三輪車的後座。

「噢噢呵，我還要吃一塊臭豆腐！」

本來是輕輕唸著的這一首《日暮歸來》的詩句，因爲實感緊張了，到末一句，他就不由自主的放大了聲音衝口吐露了出來。高聲而又富有抑揚地唸完了這一句「我還要吃一塊臭豆腐」之後，他就接著改了平時講話的口調叫車伕說：

「喂，車伕，你停一停！」

並且又回轉頭來對馬得烈說：

「喂，老馬，我們買兩塊臭豆腐吃吃罷！」

這時候馬得烈也有點覺得餓了，所以就也叫停了車，向洋服袋裡摸出了兩角銀角子來交給已經下車立在那裡的何詩人。他們買了十幾塊火熱的油炸臭豆腐，兩人平分了，坐回車上，一邊被拉回家去，一邊就很舒徐的在綽拉綽拉的咀嚼。在車斗裡自自在在的側躺著身體，嘴銜著臭豆腐，眼看著花花綠綠的上海的黃昏市面，何詩人心裡卻在暗想：「我這《日暮歸來》的一首詩，倒變了很切實的爲人生而藝術的作品了，啊啊，我這偉大的革命詩人！我索性把末世詩人辭掉了罷，還是做革命詩人的好。」

二

二詩人日暮歸來，到了三江里的寓居之後，那位聖母似的房東太太早在電燈下擺好了晚餐，在等候他們了。

何詩人因爲臭豆腐吃多了，晚餐的時候減了食量，只是空口把一碗紅燒羊肉吃了大半碗，因此就使馬得烈感到了不滿。但在聖母跟前，馬得烈又不敢直接的對詩人吆喝，因爲怕她看穿他們的圈套，所以只好葛羅葛羅的在喉頭響了一陣之後，對何詩人說：

「喂，老……噢噢，大人，你爲什麼吃飯的時候，老吃得那麼響？」

實在是奇怪得很，詩人當吃飯的時候，嘴裡眞有一種特別的響聲發生出來。這時候詩人總老是光著兩眼，目不轉睛的釘視住那碗他所愛吃的菜，一方面一筷一筷的同驟雨似的將那碗菜搬運到嘴裡去的中間，一方面他的上下對合攏來的鯰魚嘴裡就會很響亮很急速的敲鳴出一種綽拉綽拉的響聲來，同唱秦腔的時候所敲的兩條棗木一樣。詩人聽了馬得烈的這一句批評之後，一邊仍舊是目不轉睛筷不停搬的綽拉綽拉著，一邊卻很得意的在綽拉聲中微笑著說：

「嗳嗳，這也是詩人的特徵的一種。老馬，你讀過法國的文學家郎不嚕蘇的《天才和吃飯》沒有？據法國郎不嚕蘇先生說，吃飯吃得響不響，就是有沒有天才的區別。」

詩人因爲只顧吃菜，並沒有看到馬得烈說話時候的同豬臉一樣的表情，所以以爲老馬又在房東太太面前在替他吹捧了，故而很得意的說出了這一個證明來。其實郎不嚕蘇先生的那部書，他非但沒有看見過，就是聽見人家說的時候，也聽得不很清楚。馬得烈看出了詩人的這一層誤解，就又在喉頭葛羅葛羅的響了一陣，發放第二句話說：

「喂！嗳嗳……大人，郎不嚕蘇，怕不是法國人罷！」

詩人聽了這一句話，更是得意了，他以爲老馬在暗地裡造出機會來使他可以在房東太太面前表示他的博學，所以就停了一停嘴裡的綽拉綽拉，笑開了那張鯰魚大口，舉起了那雙在空的眼鏡圈裡光著的眼睛對房東太太看著說：

「老馬，怎麼你又忘了，郎不嚕蘇怎麼會不是法國人呢？他非但是法國人，他並且還是福祿對兒的結拜兄弟哩！」

馬得烈眼看得那碗紅燒羊肉就快完了，喉頭的葛羅葛羅和嘴裡的警告，對詩人都不能發生效力，所以只好三口兩碗的吃完了幾碗白飯，一個人跑上樓上亭子間去發氣去了。

詩人慢慢的吃完了那碗羊肉，把他今天在黃包車上所作的那首《日暮歸來》的革命詩唸給了房東太太聽後，就舒舒泰泰的摸上了樓，去打亭子間的門去。

他篤洛篤洛篤的打了半天，房門老是不開，詩人又只好在黑暗裡彎下腰去，輕輕的舉起嘴來，很幽很幽的向鑰匙眼裡送話進去說：

「老馬！老馬！你睡了麼？請你把今天用剩的那張鈔票給我！」

詩人彎著腰，默默的等了半天，房裡頭總沒有回音出來。他又性急起來了，就又在房門上輕輕的篤洛了一下。這時候大約馬得烈也忍耐不住了罷，詩人聽見房裡頭息索息索的響了一陣。詩人正在把嘴拿往鑰匙眼邊，想送幾句話進去的中間，黑暗中卻不提防鑰匙眼裡鑽出了一條細長的紙捻兒出來。這細長的紙捻兒越伸越長，它的尖尖的頭兒卻巧突入了詩人的鼻孔。紙捻兒團團深入的在詩人鼻孔裡轉了兩三個圈，詩人就接連著哈啾哈啾的打了兩三個噴嚏，詩人站立起身，從鼻孔裡抽出了那張紙捻，打開來在暗中一摸，卻是那張長方小小的中南紙幣。他在暗中又笑開了口，急忙把紙幣收起，拿出手帕來向嘴上的鼻涕擦了一擦乾淨，便亭銅亭銅的走下扶梯來，打算到街頭去配今天打破的那副洛克式的平光眼鏡去。

但是俗物的眼鏡鋪，似乎都在欺侮詩人。他向三江里附近的街上去問了好幾家，結果一塊大洋終於配不成兩塊平光的鏡片。詩人一個人就私下發了氣，感情於是又緊張起來了。可是感情一動，接著煙世披利純也就來到了心頭，詩人便又拿著了新的妙想。「去印名片去！」他想，「一塊錢配不成眼鏡，我想幾百名片總可以印的。」因爲詩人今天在洋車上發見了「革命詩人」的稱號，他覺得「末世詩人」這塊招牌未免太舊了，大有更一更新的必要，況且機會湊巧，也可以以革命詩人的資格去做它幾天詩官。所以靈機一動，他就決定把角上有「末世詩人」幾個小字印著的名片作廢，馬上去印新的有「革命詩人」的稱號的名片去。

在燈光燦爛的北四川路上走了一段，找著了一家專印名片的小鋪子，詩人踏進去後，便很有詩意的把名片樣子寫給了鋪子裡的人看。付了定錢，說好了四日後來取的日期，詩人就很滿足的走了出來。背了雙手，踏著燈影，又走了一陣，他正想在街上來往的人叢中找出一個可以獻詩給她的理想的女性來的時候，忽而有一家關上排門的店鋪子的一張白紙廣告，射到他的眼睛裡來了。這一張廣告上面，有幾個方正的大字寫著說：「家有喪事，暫停營業一星期。本店主人白。」詩人停住了腳，從頭至尾的念了兩遍，歪頭想了一想，就急忙跑回轉身，很快很急的跑回到了那家他印名片的店中。

喘著氣踏進了那家小鋪子的門，他抓住了一個夥計，就倉皇急促的問他說：

「你們的店主人呢？店主人呢？」

夥計倒駭了一跳，就進到裡間去請他們的老闆出來。詩人一見到笑迷迷地迎出來的中年老闆，馬上就急得什麼似的問他說：

「你們，你們店裡在這四天之內，會不會死人的？」

老闆倒被他問得奇怪起來了，就對他呆了半晌，才皺著眉頭回問說：

「先生，你這話是什麼意思？」

詩人長嘆了一聲，換了一換喉頭接不過來的氣，然後才詳詳細細的把剛才看見的因喪事停業的廣告的事情說了出來，最後他又說明著說：

「是不是？假如你們店裡在這四日之內，也要死人的話，那豈不耽誤了我的名片的日期了麼？」

店主人聽到這裡，才明白了詩人的意思，就忽而變了笑容回答他說：

「先生，你別開玩笑啦，哪裡好好的人，四天之內就都會死的呢？你放心罷，日子總耽誤不了。」

詩人聽了老闆這再三保證的話，才茲放下了心，又很滿足的踏出了店，走上了街頭。

這一回詩人到了街頭之後，卻專心致志的開始做尋找理想的女性的工作了。他看見一個女性在走的時候，不管她是聖母不是聖母，總馬上三腳兩步的趕上前去，和這女性去並排走著，她若走得快，他也走得快一點，她若走得慢，他也走得慢一點，總裝出一副這女性彷彿是他的愛人的樣子來給旁邊的人看。但是不幸的詩人，回回總是失望，當他正在竭力裝著這一個旁邊並走著的女性是他的愛人的樣子來給旁人看的時候，這一個女性就會於他不注意的中間忽然消失下去。結果弄得在馬路上跟來跟去來回跑走的當中，詩人心裡只積下了幾個悲哀和一條直立得很酸的頭頸，而理想的可以獻詩給她的女性，卻一個也捉抓不著。最後他又失了望，悄悄地立在十字街頭嘆氣的時候，東邊卻又來了一個十分豔麗的二十來歲的女性。這一回詩人因為屢次的失望，本想不再趕上去和她並排走了，但是馮婦的慣性，也在詩人身上著了腳，他正在打算的中間，兩隻短腳卻不由自主的跑了過去，又和她並了排，又裝成了那一副使旁人看起來彷彿是詩人在和他的愛人散步走路的神氣。因為失敗的經驗多了，詩人也老練了起來，所以這一次他在注意裝作那一種神氣給旁人看的時候，眼角上也時時顧及到旁邊在和他並走的女性，免得她在不知不覺的當中逃亡消失。這女性卻也奇怪，當初她的臉上雖則有一種疑懼嫌惡的表情露著，但看出了詩人的勇敢神妙的樣子以後，就也忽而變了笑容，一邊走著，一邊卻悄悄的對他說：

「先生，你是上什麼地方去的？」

詩人一聽到這一種清脆的聲音，又向她的華麗的裝飾上下看了一眼，樂得嘴也閉不攏來，話也說不出了。她看了他這一副痴不像痴傻不像傻的樣子，就索性放大了喉嚨，以拿著皮口袋的右手向前面的高樓一指說：

「我們上酒樓去坐坐談談罷！」

詩人看見了她手裡捏著的很豐滿的那隻裝錢口袋，又看見了那高樓上的點得紅紅綠綠的房間，就話也不回一句，只是笑著點頭，跟了她走進店門走上樓去。

店樓上果然有許多紳士淑女在那裡喝酒猜拳，詩人和女性一道到一張空桌上坐下之後，他就感到了一層在飲食店中常有的那種熱氣。悄悄地向旁邊一看，詩人忽看見在旁邊桌上圍坐著的四位喝得酒醉醺醺的紳士面前，各擺著了一杯泡沫漲得很高的冰淇淋曹達⑬，中間卻擺著一盤很紅很熟很美觀的番茄在那裡。詩人正在奇怪，想當這暮春的現在，他們何以會熱得這樣，要取這些夏天才吃的東西，那女性卻很自在的在和夥計商定酒菜了。

詩人喝了幾杯三鞭壯陽酒，吃了幾碗很鮮很貴的菜後，頭上身上就漲熱了起來，他的話也接二連三的多起來了。他告訴她說，他姓何，是一位革命詩人，他已經作了怎麼怎麼的幾部詩集了，並且不久就要上外國去做詩文專修大學的校長去。他又說，

13 即中文的蘇打，曹達為日文漢字寫法。

今天眞巧，他會和她相遇，他明天又可以作一部《伊利亞拉》來獻給她，問她願意不願意。那女性奉贈了他許多讚語，並且一定要他即席作一首詩出來做做今晚的紀念，這時候詩人眞快樂極了。她把話停了一停，隨後就又問詩人說：

「何詩人，你今晚上可以和我上大華去看跳舞麼？你若可以為我拋去一兩個鐘頭的話，那我馬上就去叫汽車去。」

詩人當然是點頭答應的，並且樂得他那張闊長的嘴，一直的張開牽連到了耳根。她叫夥計過來，要他去打電話說：

「喂，你到底下去打一個電話，叫Dodge Garage的Manager Mr. Strange放一輛頭號的Hupmobile⑭過來。」

那夥計聽了這許多外國字，念了好幾遍，終於念不出來，末了就只好搖搖頭說：

「太太自家去打罷，電話在樓下賬房的邊上。」

她對夥計笑罵了一聲蠢才，就只好自己拿了皮口袋立起身來走下樓去。

---

14 此句三個英文分別為：道奇車廠、史特蘭奇經理、赫普牌汽車。

詩人今晚上有了這樣的奇遇，早已經是樂得不可言說的了，又加上了幾杯三鞭壯陽酒的薰蒸，更覺得詩興勃發，不能抑遏下去。乘那位女性下樓去打電話的當中，他就光著眼睛，靠著桌子，哼哼的念出了一首即席的詩來：

「嗳嗳，坐一隻黑潑麻皮兒，

「作一首《伊利亞拉》詩，

「喝一杯三鞭壯陽酒，

「嗳嗳，我是神仙呂祖的乾兒子。」

他哼著唸著，念了半天，那理想的女性終於不走上來，只有前回的那個夥計卻拿了一張賬單來問他算賬了。

詩人翻白了眼睛，嗳喝嗳喝的咳嗽了幾聲，停了一會，把前面呆呆站著的夥計一推，就跳過了一張當路擺著的凳子，想乘勢逃下樓去。但逃不上幾步，就被夥計拉住了後衣，叫嚷了起來。四面的客人都擠攏來了，夥計和詩人就打作了一堆，在人叢裡亂滾亂跳。這時候先前在詩人桌旁吃冰淇淋曹達的四位醉客，也站起來了。見了詩人的這一種行爲，都抱了不平，他們就拿杯子的拿杯子，拿番茄的拿番茄，一個個都看準了詩人的頭面，拍拍的將冰淇淋和番茄打了過去。於是冰淇淋的黃水，曹達水的泡沫和番茄的紅汁，倒滿了詩人的頭面。詩人的顏面上頭髮上，淋成了一堆一堆的五顏六色的汁水，看過去像變了一張鬼臉。他眼睛已被黏得緊緊睜不開來了。當他東跌西碰，在人叢中摸來摸去的當中，這邊你也一腳，那邊我也一腿的大家在向他的屁股上踢，結果弄得詩人只閉著眼睛，一邊跳來跳去的在逃避，一邊只在啊唷啊唷的連聲亂叫。

一九二八年三月五日

故事

聽說外國人的稱中國爲「支那」，是因爲大秦的威力的遠播。Chin拼起來是秦字的聲音。而拉丁字的地名等末尾，老要加一個A字，所以秦字就一轉而作了「支那」。這份考據的確不的確，暫且不去管它。但因爲想到了秦字，所以想將秦朝的一宗故事來說給大家聽聽看。

秦國本來是專講究武器，年年不斷地招募新兵，看百姓不値一錢，將百姓的辛苦勞力全部壓榨出來，只用到打仗殺人等事情上去的一個國家。

惡人強橫霸道，在這世上是只會興盛起來的。所以秦國因他的武器，因他的兵力，因它的種種殘酷的詭計，就成了中國一統的大國了。代表這強橫霸道的大國的，是一個秦始皇。他非但想把同時代的異己者，殺得乾乾淨淨，他並且對於後世千年萬年的不附己的人類，也同時想殺得個寸草不留。所以他於統一中國之後，就把全中國的讀書人收集了攏來，一刀一個，不問理由，不問皂白，只是同割草似的殺過去。因爲有人告訴他說，讀書人是最不好指使，最容易起不平，最能把那些如牛似馬的農人呀，工人呀等挑撥起來的一種動物。這告訴他以這些事情的，當然也是個把讀書人，他們的所以要獻這計的原因，就因爲想討討秦始皇的好，一面也可以將同行者殺盡，而自己等能夠得到專賣的利益。獻計者的周到，眞可以說是無微不至。他們教秦始皇殺盡了千千萬萬的讀書動物之外，還要把凡是這些讀書動物所做所刻所寫的東西，都拿來燒成了灰。因爲這些東西不燒了，百姓是依舊會感到不平，感到不公，要蹺蹊起來的。這些東西若不燒了，後來的子子孫孫，依舊會搖頭擺尾的變成讀書的動物的。

費了這種苦心，做了這種種把戲之後，秦始皇滿足了，以爲以後的牛馬似的百姓是再也不會聰明起來，而這天下就可以長長久久的由他及他的子孫享受過去了。教秦始皇做這些事的讀書人也滿足了，以爲以後的中國，說起讀書人就只有他們一家，百姓中間，就只有他們幾個是最聰明的了。

秦始皇和這幾個讀書人就放大了膽，要幹什麼就幹什麼，要百姓出多少錢就出多少錢，要殺幾個人取樂取樂就殺幾個人。百姓果然不敢響了，在路上走路的時候，也不敢互相看一眼。家家戶戶每家有幾個人就老早去預備幾口棺材放在那裡。因爲幾時被皇帝來殺是決不定的，所以他們個個都生也還沒有生著，就在那裡預備死了，而實際上像他們那樣的活著，也還是死了的好，還不如死了倒舒服些。

但是秦始皇和他的幾個專賣的讀書人似乎也是人，不是別的東西，因爲想千年萬年活過去的他們，也只上了一回一個茅山道士的當，終於做不成神仙，終於一個一個的死掉了。他們死了之後，國內的許多許多還沒有被他們殺了的百姓——自然是殺不盡的，因爲無論如何，百姓總是絕對多數，殺了一半，總還有一半剩落，再殺一半的一半，也總還有一半的一半剩落，殺到最後，這剩落的總還是大多數者——就想動起手來。於是就有一個比秦始皇更厲害，殺人殺得更多的人出來了。他四方八面殺了一陣子之後，實在覺得殺也殺不盡這許多的。所以就想了一個計策出來，好省他許多力氣。他教百姓若完完全全能夠聽他的話的時候，他就可以不殺他們。所以他就在大家的面前，牽過一隻鹿來，教大家說，這是馬。若有人敢說一聲不是的，當然是一刀。可是他雖則看見大家都在說這是馬，這是馬，這不是鹿，而由他的聰明的眼睛看將起來，覺得大家的讚聲都是空虛而在那裡發抖的。所以他又大聲的怒叫著說，你們不承認麼？你們敢反對麼？你們能夠證明這不是馬麼？聽了他這怒叫，大家是嚇得魂靈兒也沒有的了，又那一個敢出來證明呢？

可是在大家的中間，自然是有又聰明又能幹的也是專賣的讀書人的子孫混著的，這幾個專賣的讀書人，就乘此機會，出來活動了。第一他們就先對大家說：「這是馬，這不是鹿，我可以證明。」說著他們就去牽幾匹馬出來，指給大家看，一邊重新高喊著說：「這才是鹿哩！這才是鹿哩！你們誰能否認我這證明，而出來證明這不是鹿的麼？」當然是沒有人敢出來證明的。然而光是空玩玩這套把戲，他們還是不滿足的，所以他們還要硬指出幾個人出來，說是這幾個人否認了他們的證明。

時間一年一年的過去了，秦始皇也一個一個的換過了。專賣的讀書人，尤其是一代一代的聰明起來了。於是，結果，被殺的百姓，也就一次一次的增加了。

現在是什麼朝代，我不曉得，我只曉得上面所述的彷彿是秦朝的，彷彿也是秦朝以後一直傳下來直傳到了現在的故事。

一九二八年十月作

春風沉醉的晚上

一

在滬上閒居了半年，因爲失業的結果，我的寓所遷移了三處。最初我住在靜安寺路南的一間同鳥籠似的永也沒有太陽曬著的自由的監房裡。這些自由的監房的住民，除了幾個同強盜小竊一樣的兇惡的裁縫之外，都是些可憐的無名文士，我當時所以送了那地方一個Yellow Grub Street①的稱號。在這Grub Street裡住了一個月，房租忽漲了價，我就不得不拖了幾本破書，搬上跑馬廳附近一家相識的棧房裡去。後來在這棧房裡又受了種種逼迫，不得不搬了，我便在外白渡橋北岸的鄧脫路中間，日新里對面的

1 意為「黃種人的格拉勃街」，因十九世紀英國倫敦舊區有條格拉勃街（Grub Street），以其聚集了大量窮困的文人、野心勃勃的詩人以及低級出版商和銷售商而出名。

貧民窟裡，尋了一間小小的房間，遷移了過去。

鄧脫路的這幾排房子，從地上量到屋頂，只有一丈幾尺高。我住的樓上的那間房間，更是矮小得不堪。若站在樓板上升一升懶腰，兩隻手就要把灰黑的屋頂穿通的。從前面的衖②裡踱進了那房子的門，便是房主的住房。在破布洋鐵罐玻璃瓶舊鐵器堆滿的中間，側著身子走進兩步，就有一張中間有幾根橫檔跌落的梯子靠牆擺在那裡。用了這張梯子往上面的黑黝黝的一個二尺寬的洞裡一接，即能走上樓去。黑沉沉的這層樓上，本來只有貓額那樣大，房主人卻把它隔成了兩間小房，外面一間是一個N菸公司的女工住在那裡，我所租的是梯子口頭的那間小房，因爲外間的住者要從我的房裡出入，所以我的每月的房租要比外間的便宜幾角小洋。

我的房主，是一個五十來歲的彎腰老人。他的臉上的青黃色裡，映射著一層暗黑的油光。兩隻眼睛是一隻大一隻小，顴骨很高，額上頰上的幾條皺紋裡滿砌著煤灰，好像每天早晨洗也洗不掉的樣子。他每日於八九點鐘的時候起來，咳嗽一陣，便挑了

2巷弄。

一雙竹籃出去，到午後的三四點鐘總仍舊是挑了一雙空籃回來的，有時挑了滿擔回來的時候，他的竹籃裡便是那些破布破鐵器玻璃瓶之類。像這樣的晚上，他必要去買些酒來喝喝，一個人坐在床沿上瞎罵出許多不可捉摸的話來。

我與間壁的同寓者的第一次相遇，是在搬來的那天午後。春天的急景已經快晚了的五點鐘的時候，我點了一支蠟燭，在那裡安放幾本剛從棧房裡搬過來的破書。先把它們疊成了兩方堆，一堆小些，一堆大些，然後把兩個二尺長的裝畫的畫架覆在大一點的那堆書上。因為我的器具都賣完了，這一堆書和畫架白天要當寫字台，晚上可當床睡的。擺好了畫架的板，我就朝著了這張由書疊成的桌子，坐在小一點的那堆書上吸菸，我的背係朝著梯子的接口的。我一邊吸菸，一邊在那裡呆看放在桌上的蠟燭火，忽而聽見梯子口上起了響動。回頭一看，我只見了一個我自家的擴大的投射影子，此外什麼也辨不出來，但我的聽覺分明告訴我說：「有人上來了。」我向暗中凝視了幾秒鐘，一個圓形灰白的面貌，半截纖細的女人的身體，方才映到我的眼簾上來。一見了她的容貌我就知道她是我的間壁的同居者了。因為我來找房子的時候，那房主的老人便告訴我說，這屋裡除了他一個人外，樓上只住著一個女工。我一則喜歡房價的便宜，二則喜歡這屋裡沒有別的女人小孩，所以立刻就租定了的。等她走上了梯子，我才站起來對她點了點頭說：

「對不起，我是今朝才搬來的，以後要請你照應。」

她聽了我這話，也並不回答，放了一雙漆黑的大眼，對我深深的看了一眼，就走上她的門口去開了鎖，進房去了。我與她不過這樣的見了一面，不曉是什麼原因，我只覺得她是一個可憐的女子。她的高高的鼻樑，灰白長圓的面貌，清瘦不高的身體，好像都是表明她是可憐的特徵，但是當時正爲了生活問題在那裡操心的我，也無暇去憐惜這還未曾失業的女工，過了幾分鐘我又動也不動的坐在那一小堆書上看蠟燭光了。

在這貧民窟裡過了一個多禮拜，她每天早晨七點鐘去上工和午後六點多鐘下工回來，只見我呆呆的對著了蠟燭或油燈坐在那堆書上。大約她的好奇心被我那痴不痴呆不呆的態度挑動了。有一天她下了工走上樓來的時候，我依舊和第一天一樣的站起來讓她過去。她走到了我的身邊，忽而停住了腳。看了我一眼，吞吞吐吐好像怕什麼似的問我說：

「你天天在這裡看的是什麼書?」

(她操的是柔和的蘇州音,聽了這一種聲音以後的感覺,是怎麼也寫不出來的,所以我只能把她的言語譯成普通的白話。)

我聽了她的話,反而臉上漲紅了。因爲我天天呆坐在那裡,面前雖則有幾本外國書攤著,其實我的腦筋昏亂得很,就是一行一句也看不進去。有時候我只用了想像在書的上一行與下一行中間的空白裡,塡些奇異的模型進去。有時候我只把書裡邊的插畫翻開來看看,就了那些插畫演繹些不近人情的幻想出來。我那時候的身體因爲失眠與營養不良的結果,實際上已經成了病的狀態了。況且又因爲我的唯一的財產的一件棉袍子已經破得不堪,白天不能走出外面去散步和房裡全沒有光線進來,不論白天晚上,都要點著油燈或蠟燭的緣故,非但我的全部健康不如常人,就是我的眼睛和腳力,也局部的非常萎縮了。在這樣狀態下的我,聽了她這一問,如何能夠不紅起臉來呢?所以我只是含含糊糊的回答說:

「我並不在看書,不過什麼也不做呆坐在這裡,樣子一定不好看,所以把這幾本書攤放著的。」

她聽了這話，又深深的看了我一眼，作了一種不了解的形容，依舊的走到她的房裡去了。

那幾天裡若說我完全什麼事情也不去找，什麼事情也不曾幹。卻是假的。有時候，我的腦筋稍微清新一點，也曾譯過幾首英法的小詩，和幾篇不滿四千字的德國的短篇小說，於晚上大家睡熟的時候，不聲不響的出去投郵，在寄投給某某書局。因爲當時我的各方面就職的希望，早已經完全斷絕了，只有這一方面，還能靠了我的枯燥的腦筋，想想法子看。萬一中了他們編輯先生的意，把我譯的東西登了出來，也不難得著幾塊錢的酬報。所以我自遷移到鄧脫路以後，當她第一次同我講話的時候，這樣的譯稿已經發出了三四次了。

二

在亂昏昏的上海租界裡住著，四季的變遷和日子的過去是不容易覺得的。我搬到了鄧脫路的貧民窟之後，只覺得身上穿在那裡的那件破棉袍子一天一天的重了起來，熱起來，所以我心裡想：

「大約春光也已經老透了罷！」

但是囊中很羞澀的我，也不能上什麼地方去旅行一次，日夜只是在那暗室的燈光下呆坐。在一天大約是午後了，我也是這樣的坐在那裡，間壁的同住者忽而手裡拿了兩包用紙包好的物件走了上來，我站起來讓她走的時候，她把手裡的紙包放了一包在我的書桌上說：

「這一包是葡萄漿的麵包，請你收藏著，明天好吃的。另外我還有一包香蕉買在這裡，請你到我房裡來一道吃罷！」

我替她拿住了紙包，她就開了門邀我進她的房裡去，共住了這十幾天，她好像已經信用我是一個忠厚的人的樣子。我見她初見我的時候臉上流露出來的那一種疑懼的形容完全沒有了。我進了她的房裡，才知道天還未暗，因爲她的房裡有一扇朝南的窗，太陽反射的光線從窗裡射進來，照見了小小的一間房，由兩條板鋪成的一張床，一張黑漆的半桌，一隻板箱，和一條圓凳。床上雖則沒有帳子，但堆著有二條潔淨的青布被褥。半桌上有一隻小洋鐵箱擺在那裡，大約是她的梳頭器具，洋鐵箱上已經有許多油污的點子了。她一邊把堆在圓凳上的幾件半舊的洋布棉襖，粗布褲等收在床上，一邊就讓我坐下。我看了她那殷勤待我的樣子，心裡倒不好意思起來，所以就對她說：

「我們本來住在一處，何必這樣的客氣。」

「我並不客氣，但是你每天當我回來的時候，總站起來讓我，我卻覺得對不起得很。」

這樣的說著，她就把一包香蕉打開來讓我吃。她自家也拿了一隻，在床上坐下，一邊吃一邊問我說：

「你何以只住在家裡，不出去找點事情做做？」

「我原是這樣的想，但是找來找去總找不著事情。」

「你有朋友麼？」

「朋友是有的，但是到了這樣的時候，他們都不和我來往了。」

「你進過學堂麼？」

「我在外國的學堂裡曾經念過幾年書。」

「你家在什麼地方?何以不回家去?」

她問到了這裡，我忽而感覺到我自己的現狀了。因爲自去年以來，我只是一日一日的萎靡下去，差不多把「我是什麼人?」「我現在所處的是怎麼一種境遇?」「我的心裡還是悲還是喜?」這些觀念都忘掉了。經她這一問，我重新把半年來困苦的情形一層一層的想了出來。所以聽她的問話以後，我只是呆呆的看她，半晌說不出話來。她看了我這個樣子，以爲我也是一個無家可歸的流浪人。臉上就立時起了一種孤寂的表情，微微的嘆著說：

「唉!你也是同我一樣的麼?」

微微的嘆了一聲之後，她就不說話了。我看她的眼圈上有些潮紅起來，所以就想了一個另外的問題問她說：

「你在工廠裡做的是什麼工作?」

「是包紙菸的。」

「一天作幾個鐘頭工?」

「早晨七點鐘起，晚上六點鐘止，中午休息一個鐘頭，每天一共要作十個鐘頭的工。少作一點鐘就要扣錢的。」

「扣多少錢？」

「每月九塊錢，所以是三塊錢十天，三分大洋一個鐘頭。」

「飯錢多少？」

「四塊錢一月。」

「這樣算起來，每月一個鐘點也不休息，除了飯錢，可省下五塊錢來。夠你付房錢買衣服的麼？」

「哪裡夠呢！並且那管理人要……啊啊！我……我所以非常恨工廠的。你吃菸的麼？」

「吃的。」

「我勸你頂好還是不吃。就吃也不要去吃我們工廠的菸。我真恨死它在這裡。」

我看看她那一種切齒怨恨的樣子，就不願意再說下去。把手裡捏著的半個吃剩的香蕉咬了幾口，向四邊一看，覺得她的房裡也有些灰黑了，我站起來道了謝，就走回到了我自己的房裡來。她大約作工倦了的緣故，每天回來大概是馬上就入睡的，只有這一晚上，她在房裡好像是直到半夜還沒有就寢。從這一回之後，她每天回來，總和我說幾句話。我從她自家的口裡聽得，知道她姓陳，名叫二妹，是蘇州東鄉人，從小係在上海鄉下長大的，她父親也是紙菸工廠的工人，但是去年秋天死了。她本來和她父親同住在那間房裡，每天同上工廠去的，現在卻只剩了她一個人了。她父親死後的一個多月，她早晨上工廠去也一路哭了去，晚上回來也一路哭了回來的。她今年十七歲，也無兄弟姊妹，也無近親的親戚。她父親死後的葬殮等事，是他於未死之前把十五塊錢交給樓下的老人，托這老人包辦的。她說：

「樓下的老人倒是一個好人，對我從來沒有起過壞心，所以我得同父親在日一樣的去作工，不過工廠的一個姓李的管理人卻壞得很，知道我父親死了，就天天的想戲弄我。」

她自家和她父親的身世，我差不多全知道了，但她母親是如何的一個人？死了呢還是活在哪裡？假使還活著，住在什麼地方？等等，她從來還沒有說及過。

三

天候好像變了。幾日來我那獨有的世界，黑暗的小房裡的腐濁的空氣，同蒸籠裡的蒸氣一樣，蒸得人頭昏欲暈，我每年在春夏之交要發的神經衰弱的重症，遇了這樣的氣候，就要使我變成半狂。所以我這幾天來到了晚上，等馬路上人靜之後，每出去散步去。一個人在馬路上從狹隘的深藍天空裡看看群星，慢慢的向前行走，一邊作些漫無涯涘③的空想，倒是於我的身體很有利益。當這樣的無可奈何，春風沉醉的晚上，我每要在各處亂走，走到天將明的時候才回家裡。我這樣的走倦了回去就睡，一睡直可睡到第二天的日中，有幾次竟要睡到二妹下工回來的前後方才起來，睡眠一足，我的健康狀態也漸漸的回復起來了。平時只能消化半磅麵包的我的胃部，自從我的深夜遊行的練習開始之後，進步得幾乎能容納麵包一磅了。這事在經濟上雖則是一

3 邊際、盡頭。

大打擊，但我的腦筋，受了這些滋養，似乎比從前稍能統一。我於遊行回來之後，就睡之前，卻做成了幾篇Allan Poe④式的短篇小說，自家看看，也不很壞。我改了幾次，抄了幾次，一一投郵寄出之後，心裡雖然起了些微細的希望，但是想想前幾回的譯稿的絕無消息，過了幾天，也便把它們忘了。

鄰住者的二妹，這幾天來，當她早晨出去上工的時候，我總在那裡酣睡，只有午後下工回來的時候，有幾次有見面的機會，但是不曉是什麼原因，我覺得她對我的態度，又回到從前初見面的時候的疑懼狀態去了。有時候她深深的看我一眼，她的黑晶晶，水汪汪的眼睛裡，滿含著責備我規勸我的意思。

我搬到這貧民窟裡住後，約莫已經有二十多天的樣子，一天午後我正點上蠟燭，在那裡看一本從舊書舖裡買來的小說的時候，二妹卻急急忙忙的走上樓來對我說：

「樓下有一個送信的在那裡，要你拿了印子去拿信。」

她對我講這話的時候，她的疑懼我的態度更表示得明顯，她好像在那裡說：「呵

4愛倫坡，美國小說家，以懸疑及驚悚小說最負盛名。

呵！你的事件是發覺了啊！」我對她這種態度，心裡非常痛恨，所以就氣急了一點，回答她說：

「我有什麼信？不是我的！」

她聽了我這氣憤憤的回答，更好像是得了勝利似的，臉上忽湧出了一種冷笑說：

「你自家去看罷！你的事情，只有你自家知道的！」

同時我聽見樓底下門口果真有一個郵差似的人在催著說：

「掛號信！」

我把信取來一看，心裡就突突的跳了幾跳，原來我前回寄去的一篇德文短篇的譯稿，已經在某雜誌上發表了，信中寄來的是五圓錢的一張匯票。我囊裡正是將空的時候，有了這五圓錢，非但月底要預付的來月的房金可以無憂，並且付過房金以後，還可以維持幾天食料，當時這五圓錢對我的效用的擴大，是誰也不能推想得出來的。

第二天午後，我上郵局去取了錢，在太陽曬著的大街上走了一會，忽而覺得身上就淋出了許多汗來。我向我前後左右的行人一看，復向我自家的身上一看，就不知不覺的把頭低俯了下去。我頸上頭上的汗珠，更同盛雨似的，一顆一顆的鑽出來了。因爲當我在深夜遊行的時候，天上並沒有太陽，並且料峭的春寒，於東方微白的殘夜，老在靜寂的街巷中留著，所以我穿的那件破棉袍子，還覺得不十分與節季違異。如今到了陽和的春日曬著的這日中，我還不能自覺，依舊穿了這件夜遊的敝袍，在大街上闊步，與前後左右的和節季同時進行的我的同類一比，我哪得不自慚形穢呢？我一時竟忘了幾日後不得不付的房金，忘了囊中本來將盡的些微的積聚，便慢慢的走上了閘路的估衣鋪去。好久不在天日之下行走的我，看看街上來往的汽車人力車，車中坐著的華美的少年男女，和馬路兩邊的綢緞鋪金銀鋪窗裡的豐麗的陳設，聽聽四面的同蜂衙似的嘈雜的人聲，腳步聲，車鈴聲，覺得是身到了大羅天上的樣子。我忘記了我自家的存在，也想和我的同胞一樣的歡歌欣舞起來，我的嘴裡便不知不覺的唱起幾句久忘了的京調來了。這一時的涅槃幻境，當我想橫越過馬路，轉入閘路去的時候，忽而被一陣鈴聲驚破了。我抬起頭來一看，我的面前正衝來了一乘無軌電車，車頭上站著的那肥胖的機器手，伏出了半身，怒目的大聲罵我說：

「豬頭三！儂（你）艾（眼）睛勿散（生）咯！跌殺時，叫旺（黃）夠（狗）來抵儂（你）命噢！」

我呆呆的站住了腳，目送那無軌電車尾後捲起了一道灰塵，向北過去之後，不知是從何處發出來的感情，忽而竟禁不住哈哈哈哈的笑了幾聲。等得四面的人注視我的時候，我才紅了臉慢慢的走向閘路裡去。

我在幾家估衣舖裡，問了些夾衫的價線，還了他們一個我所能出的數目，幾個估衣舖的店員，好像是一個師父教出的樣子，都擺下了臉面，嘲弄著說：

「儂（你）尋薩咯（什麼）凱（開）心！馬（買）勿起好勿要馬（買）咯！」

一直問到五馬路邊上的一家小舖子裡，我看看夾衫是怎麼也買不成了，才買定了一件竹布單衫，馬上就把它換上。手裡拿了一包換下的棉袍子，默默的走回家來。一邊我心裡卻在打算：

「橫豎是不夠用了，我索性來痛快的用它一下罷。」同時我又想起了那天二妹送我的麵包香蕉等物。不等第二次的回想我就尋著了一家賣糖食的店，進去買了一塊錢巧克力香蕉糖雞蛋糕等雜食。站在那店裡，等店員在那裡替我包好來的時候，我忽而想起我有一月多不洗澡了，今天不如順便也去洗一個澡罷。

洗好了澡，拿了一包棉袍子和一包糖食，回到鄧脫路的時候，馬路兩旁的店家，已經上電燈了。街上來往的行人也很稀少，一陣從黃浦江上吹來的日暮的涼風，吹得我打了幾個冷噤。我回到了我的房裡，把蠟燭點上。向二妹的房門一照，知道她還沒有回來。那時候我腹中雖則飢餓得很，但我剛買來的那包糖食怎麼也不願意打開來。因為我想等二妹回來同她一道吃。我一邊拿出書來看，一邊口裡儘在咽唾液下去。等了許多時候，二妹終不回來，我的疲倦不知什麼時候出來戰勝了我，就靠在書堆上睡著了。

四

二妹回來的響動把我驚醒的時候，我見我面前的一枝十二盎司一包的洋蠟燭已經點去了二寸的樣子，我問她是什麼時候了？她說：

「十點的汽管剛剛放過。」

「你何以今天回來得這樣遲？」

「廠裡因爲銷路大了，要我們作夜工。工錢是增加的，不過人太累了。」

「那你可以不去做的。」

「但是工人不夠，不做是不行的。」

她講到這裡，忽而滾了兩粒眼淚出來，我以爲她是作工作得倦了，故而動了傷感，一邊心裡雖在可憐她，但一邊看她這同小孩似的脾氣，卻也感著些兒快樂。把糖食包打開，請她吃了幾顆之後，我就勸她說：

「初作夜工的時候不慣，所以覺得困倦，作慣了以後，也沒有什麼的。」

她默默的坐在我的半高的由書疊成的桌上，吃了幾顆巧克力，對我看了幾眼，好像是有話說不出來的樣子。我就催她說：

「你有什麼話說？」

她又沉默了一會，便斷斷續續的問我說：

「我……我……早想問你了，這幾天晚上，你每晚在外邊，可在與壞人作夥友麼？」

我聽了她這話，倒吃了一驚，她好像在疑我天天晚上在外面與小竊惡棍混在一塊。她看我呆了不答，便以爲我的行爲眞的被她看破了，所以就柔柔和和的連續著說：

「你何苦要吃這樣好的東西，要穿這樣好的衣服。你可知道這事情是靠不住的。萬一被人家捉了去，你還有什麼面目做人。過去的事情不必去說它，以後我請你改過了罷。……」

我盡是張大了眼睛張大了嘴呆呆的在看她，因爲她的思想太奇怪了，使我無從辯解起。她沉默了數秒鐘，又接著說：

「就以你吸的菸而論，每天若戒絕了不吸，豈不可省幾個銅子。我早就勸你不要吸菸，尤其是不要吸那我所痛恨的XX工廠的菸，你總是不聽。」

她講到了這裡，又忽而落了幾滴眼淚。我知道這是她爲怨恨XX工廠而滴的眼淚，但我的心裡，怎麼也不許我這樣的想，我總要把它們當作因規勸我而灑的。我靜靜兒的想了一回，等她的神經鎮靜下去之後，就把昨天的那封掛號信的來由說給她聽，又把今天的取錢買物的事情說了一遍。最後更將我的神經衰弱症和每晚何以必要出去散步的原因說了。她聽了我這一番辯解，就信用了我，等我說完之後，她頰上忽而起了兩點紅暈，把眼睛低下去看看桌上，好像是怕羞似的說：

「噢，我錯怪你了，我錯怪你了。請你不要多心，我本來是沒有歹意的。因為你的行為太奇怪了，所以我想到了邪路裡去。你若能好好兒的用功，豈不是很好麼？你剛才說的那——叫什麼的——東西，能夠賣五塊錢，要是每天能做一個，多麼好呢？」

我看了她這種單純的態度，心裡忽而起了一種不可思議的感情，我想把兩隻手伸出去擁抱她一回，但是我的理性卻命令我說：

「你莫再作孽了！你可知道你現在處的是什麼境遇，你想把這純潔的處女毒殺了麼？惡魔，惡魔，你現在是沒有愛人的資格的呀！」

我當那種感情起來的時候，曾把眼睛閉上了幾秒鐘，等聽了理性的命令以後，我的眼睛又開了開來，我覺得我的周圍，忽而比前幾秒鐘更光明了。對她微微的笑了一笑，我就催她說：

「夜也深了，你該去睡了吧！明天你還要上工去的呢！我從今天起，就答應你把紙菸戒下來吧。」

她聽了我這話，就站了起來，很喜歡的回到她的房裡去睡了。

她去之後，我又換上一枝洋蠟燭，靜靜兒的想了許多事情：

「我的勞動的結果，第一次得來的這五塊錢已經用去了三塊了。連我原有的一塊多錢合起來，付房錢之後，只能省下二三角小洋來，如何是好呢！

「就把這破棉袍子去當吧！但是當舖裡恐怕不要。

「這女孩子眞是可憐，但我現在的境遇，可是還趕她不上，她是不想做工而工作要強迫她做，我是想找一點工作，終於找不到。

「就去作筋肉的勞動吧！啊啊，但是我這一雙弱腕，怕吃不下一部黃包車的重力。

「自殺！我有勇氣，早就幹了。現在還能想到這兩個字，足證我的志氣還沒有完全消磨盡哩！

「哈哈哈哈！今天的那無軌電車的機器手！他罵我什麼來？

「黃狗，黃狗倒是一個好名詞。

「………

「………」

我想了許多零亂斷續的思想，終究沒有一個好法子，可以救我出目下的窮狀來。聽見工廠的汽笛，好像在報十二點鐘了，我就站了起來，換上了白天那件破棉袍子，仍復吹熄了蠟燭，走出外面去散步去。

貧民窟裡的人已經睡眠靜了。對面日新里的一排臨鄧脫路的洋樓裡，還有幾家點著了紅綠的電燈，在那裡彈罷拉拉衣加⑤。一聲二聲清脆的歌音，帶著哀調，從靜寂的深夜的冷空氣裡傳到我的耳膜上來，這大約是俄國的飄泊的少女，在那裡賣錢的歌唱。天上罩滿了灰白的薄雲，同腐爛的屍體似的沉沉的蓋在那裡。雲層破處也能看得出一點兩點星來，但星的近處，黝黝看得出來的天色，好像有無限的哀愁蘊藏著的樣子。

一九二三年七月十五日

5現一般譯為巴拉萊卡琴（балалайка），又稱三角琴，是俄羅斯一種三弦樂器。

南遷

一、南方 O Dahin! Dahin![1]

你若把日本的地圖展開來一看，東京灣的東南，能看見一條葫蘆形的半島，浮在浩渺無邊的太平洋裡。這便是有名的安房半島！

安房半島，雖然沒有地中海內的長靴島的風光明媚，然而成層的海浪，蔚藍的天色，柔和的空氣，平軟的低巒，海岸的漁網，和村落的居民，也很具有南歐海岸的性質，能使旅客，忘記他是身在異鄉。若用英文來說，便是一個Hospitable, inviting dreamland of the romantic age.（中世浪漫時代的，鄉風純樸，山水秀麗的夢境）了。

---

1 O Dahin! Dahin!為德文，意為「哦，那兒！那兒！」作者在本篇發表時於各小標題後均附上德文詞句，皆出自於德國作家歌德的詩歌裡。

東南的斜面沿著了太平洋，從艶子到大原，成一半月灣，正可當作葫蘆的下面的狹處看。艶子是葫蘆下層的最大的圓周上的一點，大原是葫蘆的第二層膨脹處的圓周上的一點。

葫蘆的頂點一直的向西曲了，就成了一個大半島裡邊的小半島，地名西岬村。西岬村的頂點是洲崎，朝西的橫界在太平洋和東京灣的中間，洲崎以東是太平洋，洲崎以北，是東京灣。

洲崎遙遙與伊豆半島，相模灣相對；安房半島的住民每以他為界線，稱洲崎以東沿著太平洋的一帶為外房，洲崎以北沿著東京灣的一帶為內房。原來半島的住民通稱半島為房州，所以內房外房，便是內房州外房州的縮寫。房州半島的葫蘆形的底面，連著東京，所以現在火車，從東京兩國橋驛出發，內房能直達館山，外房能達到勝浦。

二、出京 Flucht auf das Land②

一千九百二十年的春天，二月初旬的有一天的午後，東京上野精養軒的樓上朝公園的小客室裡，有兩個異鄉人在那裡喫茶果。一個是五十歲上下的西洋人，頭頂已有一塊禿了。皮膚帶著淺黃的黑色，高高的鷹嘴鼻的左右，深深窪在肉裡的兩隻眼睛，放出一種鈍韌的光來。瞳神的黃黑色，大約就是他的血統的證明，他那五尺五寸的肉體中間，或者有姐泊西（Gypsy）③的血液混在裡頭也未可知，或者有東方人的血液混在裡頭也未可知，但是生他的母親，可確是一位愛爾蘭的美婦人。他穿的是一套半舊的灰黑色的嗶嘰的洋服，帶著一條圓領，圓領底下就連接著一件黑的小緊身，大約是代Waistcoat（腰褂）④的。一個是二十四、五歲的青年，身體也有五尺五寸多高，我

2 德文意為「逃到鄉下」。
3 今一般常譯為吉普賽人。
4 即西裝下的背心、馬甲。

們一見就能知道他是中國人，因爲他那清瘦的面貌，和纖長的身體，是在日本人中間尋不出來的。他穿著一套藤青色的嗶嘰的大學制服，頭髮約有一寸多深，因爲蓬蓬直立在他那短短的臉面的上頭，所以反映出一層憂鬱的形容在他面上。他和那西洋人對坐在一張小小的桌上，他的左手，和那西洋人的右手是靠著朝公園的玻璃窗。他們講的是英國話，聲氣很幽，帶著一種梅蘭刻烈⑤（Melancholy）的餘韻，與窗外的午後的陽光，和頭上的萬里的春空，卻成了一個有趣的對照（Contrast），他們的話翻譯出來，就是：「你的臉色，近來更難看了：我勸你去轉換轉換空氣，到鄉下去靜養幾個禮拜。」西洋人。

「臉色不好？轉地療養，也是很好的，但是一則因爲我懶得行動，二則一個人到鄉下也寂寞得很，所以雖然寒冷得非常，我也不想到東京以外的地方去。」青年。

說到這裡，窗外吹過一陣夾沙夾石的風來，玻璃窗振動了一下，響了一下，風就過去了。

5憂鬱（Melancholy）的音譯。

「房州你去過沒有？」西洋人。

「我沒有去過。」青年。

「那一個地方才好呢！是突出在太平洋裡的一個半島，受了太平洋的暖流，外房的空氣是非常和暖的，同東京大約要差十度的溫度，這個時候，你若到太平洋岸去一看，怕還有些女人，赤裸裸的跳在海裡捉魚呢！一帶山村水郭，風景又是很好的，你不是很喜歡我們英國的田園風景的麼？你上房州去就對了。」

「你去過了麼？」

「我是常去的，我有一個女朋友住在房州，她也是英國人，她的男人死了，只一個人住在海邊上。她的房子寬大得很，造在沙岸樹林的中間；她又是一個熱心的基督教徒，你若要去，我可以替你介紹的，她非常歡喜中國人，因爲她和她的男人從前也在中國做過醫生的。」

「那麼就請你介紹介紹，出去旅行一次，或者我的生活的行程，能改變得過來也未可知。」

另外還有許多閒話，也不必提及。

到了四點的時候，窗外的鐘聲響了。青年按了電鈴，叫侍者進來，拿了一張五元的紙鈔給他。青年站起來要走的時候看看那西洋人還兀的不動，青年便催說：「我們去罷！」

那西洋人便張圓了眼睛問他說：

「找頭呢？」

「多的也沒有幾個錢，就給了他們茶房罷了。」

「茶點總不至要五塊錢的。你把找頭拿來捐在教會的傳道捐裡多好啊！」

「罷了，罷了，多的也不過一塊多錢。」

那西洋人還不肯走，青年就一個人走出房門來，西洋人一邊還在那裡輕輕的絮說，一邊看見青年走了，也只能跟了走出房門，下樓，上大門口去。在大門口取了外套，帽子，走出門外的時候，殘冬的日影，已經落在西天的平線上，滿城的房屋，都沉在薄暮的光線裡了。

夜陰一刻一刻的張起她的翼膀來，那西洋人和青年在公園的大佛前面，緩步了一忽，遠近的人家都點上電燈了。從上野公園的高台上向四面望去，只見同紗囊裡的螢火蟲一樣，高下人家的燈火，都在晚煙裡放異彩。遠遠的風來，帶著市井的吵雜的聲音。電車的車輪聲傳近到他們兩人耳邊的時候，他們才知道現在是回家去的時刻了。急急的走了一下，他們已經走到了公園前大街上的電車停車處，卻好向西的有一乘電車到來，他們兩人就用了死力，擠了上去，因爲這是工場休工的時候，勞工大家都要搭了電車，回到他們的小小的住屋裡去，所以車上人擠得不堪。

青年被擠在電車的後面，幾乎吐氣都吐不出來。電車開車的時候，上野的報時的鐘聲又響了，聽了這如怨如訴的薄暮的鐘聲，他的心思又忽然消沉起來。

「這些可憐的有血肉的機械，他們家裡或許也有妻子的。

「他們的衣不暖食不飽的小孩子有什麼罪惡，一生出地上，就不得不同他們的父母，受這世界上的磨折！或是在豬圈似的貧民窟的門口，有同餓鬼似的小孩兒，在那裡等候他們的父親回來。這些同餓犬似的小孩兒，長到八、九歲的時候，就得去做小機械去。漸漸長大了，成了一個工人，他們又不得不同他們的父祖曾祖一樣，將自家的血液，去補充鐵木的機械的不足去。吃盡了千辛萬苦，從幼到長，從生到死，他們的生活沒有半點變更，唉，這人生究竟有什麼趣味，勞動者嚇勞動者，你們何苦要生存在世上？這多是有權勢的人的壞處，可惡的這有權勢的人，可惡的這有權勢的階級，總要使他們斬草除根的消滅盡了才好。」

他想到這裡，就自家嘲笑起自家來：

「呵呵，你也被日本人的社會主義感染了。你要救日本的勞動者，你何不先去救你自家的同胞呢？在軍人和官僚的政治的底下，你的同胞所受的苦楚，難道比日本的勞動者更輕麼？日本的勞動者，雖然沒有財產，然而他們的生命總是安全的。你的同胞，鄉下的農夫，若因納捐輸粟的事情，有一點違背，就不得不被軍人來虐殺了。從前做大盜，現在做督軍的人，進京出京的時候，若說鄉下人不知道，在他們的專車停著的地方走過，就不得不被長槍短刀來斫死了。大盜的督軍的什麼武裝自動車，在街上衝死了百姓，還說百姓不好，對了死人的家族，還要他們陪罪罰錢。你同胞的妻女，若有美的，就不得不被軍人來姦辱了。日本的勞動者到了日暮回家的時候，也許有他的妻女來安慰他的，那時候他的一天的苦楚，便能忘在腦後，但是你的同胞如何？不問是不是你的結髮妻小，若督軍師長道尹知事等類要她去作一房第八九的小妾，你能拒絕麼？有訴訟事件的時候，你若送知事的錢，送了比你的對手者少一點，或是在督軍衙門裡沒有一個親戚朋友，雖然受了冤屈，你難道能分訴得明白麼？……」

想到這裡的時候，青年的眼睛裡，就酸軟起來。他若不是被擠在這群勞動者的中間，怕他的感情就要發起作用來，卻好車到了本鄉三丁目，他就推推讓讓的跟了幾個勞動者下了電車。

立在電車外邊的日暮的大道上，尋來尋去的尋了一會兒，他才看見那西洋人的禿頭，背朝著了他，坐在電車中間的椅上。他走到電車的中央的地方，墊起了腳，從外面向電車的玻璃窗推了幾下，那禿頭的西洋人才回轉頭來，看見他立在車外的涼風裡，那西洋人就從電車裡面放下車窗來說：

「你到了麼？今天可是對你不起。多謝多謝。身體要保養些。我……。」

「再會再會，我已經到了。介紹信請你不要忘記了。…」

話沒有說完，電車已經開了。

三、浮萍 Die Entengruetze⑥

二月二十三日的午後二點半鐘，房州半島的北條火車站上的第四次自東京來的火車到了。這小小的鄉下的火車站上，忽然熱鬧了一陣。客人也不多，七零八落的幾個乘客，在收票的地方出去之後，火車站上仍復冷清起來。火車站的前面停著的一乘合乘的馬車，接了幾個下車的客人，留了幾聲哀寂的喇叭聲在午後的澄明的空氣裡，促起了一陣灰土，就在泥塵的鄉下的天然的大路上，朝著了太陽向西的開出去了。

留在火車站上呆呆的站著的只剩了一位清瘦的青年，便是三禮拜前和一個西洋宣教師在東京上野精養軒喫茶果的那一位大學生。

他是伊尹的後裔，你們若把東京帝國大學的一覽翻出來一看，在文科大學的學生名錄裡，頭一個就能見他的名姓籍貫：

6德文意為「浮萍」。

伊人，中華留學生，大正八年入學

伊人自從十八歲到日本之後一直到去年夏天止，從沒有回國去過。他的家庭裡只有他的祖母是愛他的。伊人的母親，因爲他的父親死得太早，所以竟變成了一個半男半女的性格，他自小的時候她就不知愛他，所以他漸漸的變成了一個厭世憂鬱的人。到了日本之後，他的性格竟愈趨怪了，一年四季，絕不與人往來，只一個人默默的坐在寓室裡沉思默想。他所讀的都是那些在人生的戰場上戰敗了的人的書，所以他所最敬愛的就是略名B. V. 的James Thomson⑦，H. Heine⑧，Leopardi⑨，Ernst Dowson⑩那些人。他下了火車，往行李房去拿的一隻帆布包，裡邊藏著的，大約也就是這幾位先生的詩文集和傳記等類。他因爲去年夏天被一個日本婦人欺騙了一場，所以精神身體，

7詹姆斯．湯姆森，筆名是Bysshe Vanolis，蘇格蘭詩人。
8海因里希．海涅，德國浪漫主義詩人。
9賈科莫．萊奧帕爾迪，義大利詩人，是義大利浪漫主義文學的重要代表。
10歐內斯特．道森，英格蘭詩人、小說家。

都變得同落水雞一樣。晚上夢醒的時候，身上每發冷汗，食慾不進，近來竟有一天不吃什麼東西的時候。因爲怕同去年那一個婦人遇見，他連午餐夜膳後的散步也不去了。他身體一天一天的瘦弱下去，他的面貌也一天一天的變起顏色來了。到房州的路程是在平坦的田疇中間，闢了一條小小的鐵路，鐵路的兩旁，不是一邊海一邊山，便是一邊枯樹一邊荒地。在紅塵軟舞的東京，失望傷心到極點的纖細神經過敏的青年，一吸了這一處的田園的空氣，就能生出一種快感來。伊人到房州的最初的感覺，也覺輕快得非常。伊人下車之後看了四邊的松樹的叢林，有幾縷薄雲飛著的青天，寬廣的空地裡浮蕩著的陽光和車站前面的店裡清清冷冷坐在帳桌前的幾個純樸的商人，就覺得是自家已經到了十八世紀的鄉下的樣子。

亞力山大．斯密司[11]著的《村落的文章》裡的Dreamthorp（By Alexander Smith）（夢裡村）好像是被移到了這東海的小島上的東南角上來了。

11常譯為亞歷山大．史密斯，蘇格蘭詩人，《夢想村：村落的文章》（Dreamthorp: Essays written in the Country）為史密斯於一八六三年出版的一本散文集。

伊人取了行李，問了一聲說：

「這裡有一位西洋的婦人，你們知道不知道的？」

行李房裡的人都說：

「是C夫人麼？這近邊誰都知道她的，你但對車夫講她的名字就對了。」

伊人抱了他的一個帆布包坐在人力車上，在枯樹的影裡，搖搖不定的走上C夫人的家裡去的時候，他心裡又生了一種疑惑：

「C夫人不曉得究竟是怎麼的一個人，她不知道是不是同E某一樣，也是非常節省鄙吝的。」

可憐他自小就受了社會的虐待，到了今日，還不敢信這塵世裡有個善人。所以他與人相遇的時候，總是不忘記警戒，因為他被世人欺得太甚了。在一條有田園野趣的村路上彎曲的跑了三十分鐘，樹林裡露出了一個木製的西洋館的屋頂來。車夫指著了那一角屋頂說：

「這就是C夫人的住屋！」

車子到了這洋房的近邊，伊人看見有一圈小小的灌木沿了那洋房的庭園，生在那裡，上面剪得雖然不齊，但是這一道灌木的圍牆，比鐵柵瓦牆究竟風雅，他小的時候在洋畫裡看見過的那阿鳳河⑫上的斯曲拉突⑬的莎士比亞的古宅，又重新想了出來。開了那由幾根木棒做的一道玲瓏的小門進去，便是住宅的周圍的庭園，園中有幾處常青草，也變了顏色，躺在午後的微弱的太陽光裡。小門的右邊便是一眼古井，兩隻吊桶，一高一低的懸在井上的木架上。從門口一直往前緣了石砌的路進去，再進一道短小的竹籬，就是C夫人的住房，伊人因爲不便直接的到C夫人的住房裡，所以就吩咐車夫拿了一封E某的介紹書往廚房門去投去。廚房門須由石砌的正路又往右去幾步，人若立在灌木圍住的門口，也可以看見這廚房門的。庭園中，井架上，紅色的木板的洋房壁上都灑滿了一層白色無力的午後的太陽光線，四邊空空寂寂，並無一個生物看見，只有幾隻半大的雌雄雞，呆呆的立在井旁，在那裡驚看伊人和他的車夫。

12 現譯為埃文河、雅芳河，英國河流名。
13 現譯為史特拉福，英國倫敦東區的一個街區，為莎士比亞的故鄉。

車夫在廚房門口叫了許久，不見有人出來。伊人立在庭園外的木柵門口，聽車夫的呼喚聲反響在寂靜的空氣裡，覺得聲大得很。約略等了五分鐘的樣子，伊人聽見背後忽然有腳步響，回轉頭來一看，見一個五十來歲的日本老婦人，蓬著了頭紅著了眼走上伊人這邊來。她見了伊人便行了一個禮，並且說：

「你是東京來的伊先生麼？我們東家天天在這裡盼望你來呢！請你等一等，我就去請東家出來。」

這樣的說了幾句，她就慢慢的捱過了伊人的身前，跑上廚房門口去了。在廚房門口站著的車夫把伊人帶來的介紹信交給了她，她就跑進去了。不多一忽她就同一個五十五六的西洋婦人從竹籬那面出來，伊人搶上去與那西洋婦人握手之後，她就請伊人到她的住房內去，一邊卻吩咐那日本女人說：

「把伊先生的行李搬上樓上的外邊的房間裡去！」

她一邊與伊人說話，一邊在那裡預備紅茶。談了三十分鐘，紅茶也吃完了，伊人就到樓上的一間小房去整理行李去。把行李整理了一半，那日本婦人上樓來對伊人說：

「伊先生！現在是祈禱的時候了！請先生下來到祈禱室裡來罷。」

伊人下來到祈禱室裡，見有兩個日本的男學生和三個女學生已經先在那裡了。C夫人替伊人介紹過之後對伊人說：

「我們每天從午後三點到四點必聚在一處唱詩祈禱的。

「祈禱的時候就打那一個鐘作記號。（說著她就用手向簷下指了一指。）今天因爲我到外面去了不在家，所以遲了二個鐘頭，因此就沒有打鐘。」

伊人向四圍看了一眼，見第一個男學生頭髮長得很，同獅子一樣的披在額上，戴著一雙極近的鋼絲眼鏡，嘴唇上的一圈鬍鬚長得很黑，大約已經有二十六七歲的樣子。第二位男學生是二十歲前後的青年，也戴著一雙平光的銀絲眼鏡，一張圓形的粗黑臉，嘴唇向上的。兩個人都是穿的日本的青花便服，所以一見就曉得他們是學生。女學生伊人不便觀察，所以只對了一個坐在他對面的一個年紀十六七歲的人，看了幾眼。依他的一瞬間的觀察看來，這一個十六七歲的女學生要算是最好的了，因爲三人都是平常的相貌，依理而論，卻夠不上水平線的。只有這位女學生的長方面上有一雙笑靨，所以她笑的時候，卻有許多可愛的地方。讀了一節聖經，唱了兩首詩，祈禱了一回，會就散了。伊人問那兩個男學生說：

「你們住在近邊麼？」

那長髮的近視眼的人，恭恭敬敬的搶著回答說：

「是的，我們就住在這後面的。」

那年輕的學生對伊人笑著說：

「你的日本話講得好得很，起初我們以爲你只能講英語，不能講日本語的。」

C夫人接著說：「伊先生的英語卻比日本語講得好，但是他的日本話要比我的日本話好得多呢！」

伊人紅了臉說：「C夫人！你未免過譽了。這幾位女朋友是住什麼地方的？」

C夫人說：「她們都住在前面的小屋裡，也是和你一樣來養病的。」

這樣的說著，C夫人又對那幾個女學生說：

「伊先生的學問是非常有根底的，禮拜天我們要請他說教給我們聽哩！」

再來的聲音，從各人的口中說了出來。來會的人都去了。夜色已同死神一樣地不聲不響地進來把屋中的空間佔領了。伊人別了C太太仍回到他樓上的房子來，在灰暗的日暮的光裡，整理了一下，電燈來了。

六點四十分的時候，那日本婦人來請伊人吃夜飯去，吃了夜飯，談了三十分鐘，伊人就上樓去睡了。

四、親和力 Wahlverwandtschaft[14]

隔天早晨，伊人被窗外的鳥雀聲喚醒，起來的時候，鮮紅的日光已射滿了沙岸上的樹林，他開了朝南的窗，看看四圍的空地叢林，都披了一層健全的陽光，橫躺在無窮的蒼空底下。他遠遠的看見北條車站上，有一乘機關車在那裡噴煙，機關車的後面，連接著幾輛客車貨車，他知道上東京去的第一次車快開了。太陽光被車煙在半空中遮住，他看見車煙帶著一層紅黑的灰色，車站的馬口鐵的屋頂上斜的映出了一層黑

14 德文字面意為「選擇性親和力」。

影來。從車站起，兩條小小的軌道漸漸的闊大起來在他的眼下不遠的地方通過，他覺得磨光的鐵軌上，隱隱地反映著同藍色的天鵝絨一樣的天空。他看看四邊，覺得廣大的天空，遠近的人家，樹林，空地，鐵道，村路都飽受了日光，含著了生氣，好像在那裡微笑的樣子，他就深深地吸了一口清新的空氣，覺得自家的腸腑裡也有些生氣迴轉起來，含了微笑，他輕輕的對自家說：

「春到人間了，**Fruehliug ist gekommen!**[15]」

呆呆的站了好久，他才拿了牙刷牙粉肥皂手巾走下樓來到廚下去洗面去。那紅眼的日本婦人見了他，就大聲地說：

「你昨天晚上睡得好不好？我們的東家出去傳道去了，九點鐘的聖經班她是定能回來的。」

洗完了面，回到樓上坐了一忽，那日本婦人就送了一杯紅茶和兩塊麵包和白糖來。伊人吃完之後，看看C夫人還沒回來，就跑出去散步去。從那一道木棒編成的小

15 德文，意為春天來了。

門裡出去，沿了昨天來的那條村路向東的走了幾步，他看見一家草舍的迴廊上，有兩個青年在那裡享太陽，發議論，他看看好像是昨天見過的兩個學生，所以就走了進去，兩個青年見他進來，就恭恭敬敬的拿出墊子來，叫他坐了。那近視長髮的青年，因爲太恭敬過度了，反要使人發起笑來。伊人坐定之後，那長髮的近視眼就含了微笑，對他呆了一呆，嘴唇動了幾動，伊人知道他想說話了，所以就對他說：

「你說今天的天氣好不好！」

「Es. Es. beri gud. beri good. and how longu hab been in Japan?」

（是，是，好得很，好得很，你住在日本多久了？）

那一位近視眼，突然說出了這幾句日本式的英文來。伊人看看他那忽尖忽圓的嘴唇的變化，聽聽他那舌根底下好像含一塊石子的發音，就想笑出來，但是因爲是初次見面，又不便放聲高笑，所以只得笑了一笑，回答他說：

「About eight years, quite a long term, isn't it?」

（差不多八年了，已經長得好呢，是不是？）

還有那一位二十歲前後的青年看了那近視眼說英文的樣子，就笑了起來，一邊卻直直爽爽的對他說：

「不說了罷，你那不通的英文，還不如不說的好，哈哈……。」

那近視眼聽了伊人的回話，又說：

「Do you undastand my ingulish?」

（你懂得我講的英文麼？）

「Yes, of coures I do, but...」

（那當然是懂的，但是……）

伊人還沒說完，他又搶著說：

「Alright, alright, leto us speaku ingulish heea-aftar.」

（很好很好，以後我們就講英文罷。）

那年輕的青年說：

「伊先生，你別再和他歪纏了，我們向海邊上去走走罷。」

伊人就贊成了，那年輕的青年便從迴廊上跳了下來，同小丑一樣的故意把衣服整了一整，把身體向左右前後搖了一搖，對了那近視眼恭恭敬敬的行了一禮，說：

「Gudo-bye! Mista K.，Gudo-bye!」⑯

伊人忍不住的笑了起來，那近視眼的K也說：

「Gudo-bye, Mista B.，Gudo-bye Mista Yi.」⑰

走過了那草舍的院子，踏了松樹的長影，出去二三步就是沙灘了。清靜的海岸上並無人影，灑滿了和煦的陽光。海水反射著太陽光線，好像在那裡微笑的樣子。沙上有幾行人的足跡印在那裡。遠遠的向東望去，有幾處村落，有幾間漁舍浮在空中，一層透明清潔的空氣，包在那些樹林屋脊的上面。西邊灣裡有一處小市，浮在海上，市內的人家，錯錯落落的排列在那裡，人家的背後，有一帶小山，小山的背後，便是無窮的碧落。市外的灣口有幾艘帆船，停泊在那裡，那幾艘船的帆檣，卻能形容出一種港市的感覺出來。年輕的B說：

「那就是館山，你看灣外不是有兩個小島同青螺一樣的浮在那裡麼？一個是鷹

16「再見，K先生，再見。」

17「再見，B先生，再見，伊先生。」

島，一個是沖島。」

伊人向B所說的方向一看，在薄薄的海氣裡，果然有兩個小島浮在那裡。伊人看那小島的時候，忽然注意到小島的背景的天空裡去，他從地平線上一點一點的抬頭起來，看看天空，覺得藍蒼色的天體，好像要溶化了的樣子，他就不知不覺的說：

「唉，這碧海青天！」

B也仰起頭來看天，一邊對伊人說：

「伊先生！看了這青淡的天空，你們還以為有一位上帝，在這天空裡坐著的麼？若說上帝在那裡坐著，怕在這樣晴朗的時候，要跌下地來呢！」

伊人回答：

「怎麼不跌下來，你不曾看過弗蘭斯著的Thais（泰衣斯）[18]麼？那絕食慾的聖者，就是為了泰衣斯的肉體的緣故，從天上跌下來的嚇。」

「不錯不錯，那一位近視眼的神經病先生，也是很妙的。

18指法國小說家安那托爾·佛朗士（Anatole France）的作品《泰綺思》（Thaïs）。

「他說他要去進神學校去，每天到了半夜三更就放大了嗓子，叫起上帝來。

「『主啊，唉，主啊，神啊，耶穌啊！』

「像這樣的亂叫起來，到了第二天，去問他昨夜怎麼了？

「他卻一聲也不響，把手搖幾搖，嘴歪幾歪。再過一天去問他，他就說：

「『昨天我是一天不言語的，因爲這也是一種修行。一禮拜之內我有兩天是斷言的，無論如何，在這兩天之內，總不開嘴的。』

「有的時候他赤足赤身的跑上雨天裡去立在那裡，我叫他，他默默地不應，到了晚上他卻喀喀的咳嗽起來，你看這樣寒冷的天氣，赤了身到雨天裡去，那有不傷風的道理。到了第二天，我問他究竟爲什麼要上雨天裡去，他說這也是一種修行。有一天晚上因爲他叫『主啊！神啊！』叫了太利害了，我在夢裡頭被他叫醒，在被裡聽聽，我也害怕起來，以爲有強盜來了，所以我就起來，披了衣服，上他那一間房裡去看他，從房門的縫裡一瞧，我就不得不笑起來，你道怎麼了，他老先生把衣服脫了精光，把頭頂倒在地下，兩隻腳靠了牆壁蹺在上面，閉了眼睛，作了一副苦悶難受的臉色，盡在那裡瞎叫，『主啊，神啊，天啊，上帝啊！』

「第二天我去問，他卻一句話也不答，我知道這又是他的斷絕言語的日子，所以就不去問他了。」

B，形容近視眼K的時候，同戲院的小丑一樣，做腳做手的做得非常出神，伊人聽一句笑一陣，笑得不了。到後來伊人問B說：

「K何苦要這樣呢！」

「他說他因爲要預備進神學校去，但是依我看來，他還是去進瘋狂病院的好。」

伊人又笑了起來。他們兩人的健全的笑聲，反應在寂靜的海岸的空氣裡，更覺得這一天的天氣是清新可愛的了。他們兩個人的影子，和兩雙皮鞋的足跡在海邊的軟沙上印來印去的走了一回，忽聽見晴空裡傳了一陣清朗的鐘聲過來，他們知道聖經班的時候到了，所以就走上C夫人的家裡去。

到C夫人家裡的時候，那近視眼的K，和三個女學生已經圍住了C夫人坐在那裡了。K見了伊人和B來的時候，就跳起來放大了嗓子用了英文叫著說：

「Hulleo, where hab you been?」

（喂！你們上那兒去了？）

三個女學生和C夫人都笑了起來。昨天伊人注意觀察過的那個女學生的一排白白的牙齒，和她那面上的一雙笑靨，愈加使她可愛了。伊人一邊笑著，一邊在那裡偷看她。各人坐下來，伊人又佔了昨天的那個位置，和那女學生對面地坐著。

唱了一首讚美詩，各人就輪讀聖經來。輪到那女學生讀的時候，伊人便注意看她那小嘴，她臉上自然而然的起了一層紅潮。她讀完之後，伊人還呆呆的在那裡看她嘴上的曲線，她抬起頭來的時候，她的視線同伊人的視線衝混了。她立時漲紅了臉，把頭低了下去。伊人也覺得難堪，就把視線集注到他手中的聖經上去。這些微妙的感情流露的地方，在座的人恐怕一個人也沒有知道。聖經班完了，各人都要散回家去，近視眼的K又用了英文對伊人說：

「Mista Yi, leto us take a walk.」

（伊先生，我們去散步罷。）

伊人還沒回答之先，他又對那坐在伊人對面的女學生說：

「Miss, O. you will join us, wouldn't you?」

（O蜜司⑲，你也和我們一起去罷。）

那女學生原來姓O，她聽了這話，就立時紅了臉，穿了鞋，跑回去了。

C夫人對伊人說：

「今天天氣好得很，你向海邊上去散散步也是很好的。」

K聽了這話，就叫起來說：

「Es, es. alright, alright!」

（不錯不錯，是的是的。）

伊人不好推卻，只得和K和B三人同向海邊上去。走了一回，伊人便說走乏了要回家。K拉住了他說：

「Leto us pray!」

（讓我們來禱告罷。）

說著K就跪了下去，伊人被他驚了一跳，不得已也只能把雙膝曲了。B卻一動也

19 英文小姐（miss）的音譯。

不動地站在那裡看。K又叫了許多主啊上帝啊。叫了一忽，站起來說：

「Gud-bye Gud-bye!」

（再會再會。）

一邊說，一邊就回轉身來大踏步的走開了。伊人摸不出頭緒來，一邊用手打著膝上的沙泥，一邊對B說：

「是怎麼一回事，他難道發怒了？」

B說：

「什麼發怒，這便是他的神經病嚇！」

說著，B又學了K的樣子，跪下地去，上帝啊，主啊，神啊的叫了起來。伊人又禁不住的笑了。遠遠地忽有唱讚美詩的聲音傳到他們的耳邊上來。B說：

「你瞧什麼發怒不發怒，這就是他唱的讚美詩啊。」

伊人問B是不是基督徒。B說：

「我不是基督徒，因爲定要我去聽聖經，所以我才去。

「其實我也想信一種宗教，因爲我的爲人太輕薄了，所以想得一種信仰，可以自重自重。」

伊人和他說了宗教上的話，又各把自己的學籍說了。

原來B是東京高等商業學校的學生，去年年底染了流行性感冒，到房州來是爲病後的保養來的。說到後來，伊人問他說：「B君，我住在C夫人家裡，覺得不自由得很，你那裡的主人，還肯把空著的那一間房借給我麼？」

「肯的肯的，我回去就同主人去說去，你今天午後就搬過來罷。那一位C夫人是有名的吝嗇家，你若在她那裡住久了，怕要招怪呢！」

又在海邊走了一回，他們看看自家的影子漸漸兒的短起來了。快到十二點的時候，伊人就別了，回到C夫人的家來。

吃午餐的時候，伊人對C太太把要搬往後面和K、B同住去的話說了。C太太也不挽留，吃完了午餐，伊人就搬往後面的別室裡去了。

把行李書整頓了一整頓，看看時候已經不早了，伊人便一個人到海邊上去散步去。一片汪洋的碧海，竟平坦同鏡面一樣，日光打斜了，光線射在松樹的梢上，作成了幾處陰影。

午後的海岸，風景又同午前的不同。伊人靜悄悄的看了一回，覺得四邊的風景怎麼也形容不出來。他想把午前的風景比喻爲患肺病的純潔的處女，午後的風景比喻爲成熟期以後的嫁過人的豐肥的婦人。然而仔細一想，又覺得比得太俗了。他站著看一忽，又俯了頭走一忽，一條初春的海岸上，只有他一個人和他的清瘦的影子在那裡動著。他向西的朝著了太陽走了一回，看看自家已經走得更遠了，就想回轉身來走回家去，低頭一看，忽看見他的腳底下的沙上有一條新印的女人的腳印印在那裡。他前前後後的打量了一回，知道這腳印的主人必在這近邊的樹林裡。並沒有什麼目的，他就跟了那一條腳步印朝南的走向岸上的松樹林裡去。走不上三十步路，他看見樹影裡的枯草上有一條氈毯，幾本書和婦人雜誌攤在那裡。因爲枯草長得很，所以他在海水的邊上竟看不出來，他知道這定是屬於那腳印的主人的，但是這腳印的主人不知上那裡去了。

呆呆的站了一忽，正想走來的時候，他忽見樹林裡來了一個婦人，他的好奇心又把他的腳縛住了。等那婦人走近來的時候，他不覺紅起臉來，胸前的跳躍，怎麼也按不下去，所以他只能勉強把視線放低了，眼看了地面，他就回了那婦人一個禮，因爲那時候，她已經走到他的面前來了，她原來就是那姓O的女學生。他好像是自家的卑陋的心情已經被她看破了的樣子，紅了臉對她陪罪說：

「對不起得很，我一個人闖到你的休息的地方來。」

「不……不要……」

他看她也好像是沒有什麼懊惱的樣子，便大著膽問她說：

「你府上也是東京麼？」

「學校是在東京的上野……但是……家鄉是足利。」

「你同C夫人是一向認識的麼？」

「不是的……是到這裡來之後認識的。……」

「同K君呢？」

「那一個人……那一個人是糊塗蟲！」

「今天早晨他邀你出來散步，是他對我的好意，實在唐突得很，你不要見怪了，我就在這裡替他陪一個罪罷。」

伊人對她行了一個禮，她倒反覺難以爲情起來，就對伊人說：

「說什麼話，我……我……又不在這裡怨他。」

「我也走得乏了，你可以讓我在你的氈毯上坐一坐麼？」

「請，請坐！」

伊人坐下來之後，她盡在那裡站著，伊人也站了起來說：

「我可失禮了，你站在那裡，我倒反而坐起來。」

「不是這樣的，不是這樣的，我因爲坐久了，所以不願意坐呢。」

「這樣我們再去走一忽罷。」

「怕被人家看見了。」

「海邊上清靜得很，一個人也沒有。」

她好像是無可無不可的樣子。伊人就在先頭走了，她也慢慢的跟了。太陽快斜到三十度的角度了，他和她沿著了海邊向西的走去，背後拖著了兩個纖長的影子。東天的碧落裡，已經有幾片紅雲，在那裡報將晚的時刻，一片白白的月亮也出來了。默默地走了三、五分鐘，伊人回轉頭來問她說：

「你也是這病麼？」

一邊說著一邊就把自家的左手向左右肩的鎖骨穴指了一下，她笑了一笑便低下頭去，他覺得她的笑裡有無限的悲涼的情意，含在那裡。默默的又走了幾步，他覺得被沉默壓迫不過了，又對她說：

「我並沒有什麼症候，但是晚上每有虛汗出來，身體一天一天地清瘦下去，一禮拜前，我上大學病院去求診的時候，醫生教我休學一年，回家去靜養，但是我想以後只有一年三個月了，怎麼也不願意再遲一年，所以今年暑假前我還想回東京去考試呢！」

「若能注意一點，大約總沒有什麼妨礙的。」

「我也是這麼的想，畢業之後，還想上南歐去養病去呢！」

「羅馬的古墟原來是好的，但是由我們病人看來，還是愛衣奧寧海岸（Ionian sea）[20]的小島好呀！」

「你學的是不是聲樂？」

---

20 一般譯為愛奧尼亞海。

「不是的，我的專門是別愛依㉑（Piano），但是聲樂也學的。」

「那麼請你唱一個小曲兒罷。」

「今天嗓子不好。」

「我唐突了，請你恕我。」

「你又要多心了，我因爲嗓子不好，所以不能唱高音。」

「並不是會場上，音的高低，又何必去問它呢！」

「但是這樣被人強求的時候，反而唱不出來的。」

「不錯不錯，我們都是愛自然的人，不唱也罷了。」

「走了太遠了，我們回去罷。」

「你走乏了麼？」

「乏倒沒有，但是草堆裡還有幾本書在那裡，怕被人看見了不好。」

「但是我可不曾看過你的書。」

21 鋼琴的音譯。

「你怎麼會這樣多心的，我又嘗說你看過來！」

「唉，這疑心病就是我半生的哀史的證明呀！」

「什麼哀史？」

伊人就把他自小被虐待，到了今日還不曾感得一些熱情過的事情說了。兩人背後的清影，一步一步的拖長起來，天空的四周，漸漸兒的帶起紫色來了。殘冬的餘勢，在這薄暮的時候，還能感覺得出來，從海上吹來的微風，透了兩人的冬服，刺入他和她的高熱的心裡去。伊人向海上一看，見西北角的天空裡一座倒擎的心樣的雪山，帶著了濃藍的顏色，在和軟的晚霞裡作會心的微笑，伊人不覺高聲的叫著說：

「你看那富士！」

這樣的叫了一聲，他不知不覺的伸出了五個指頭去尋她那隻同玉絲似的手去，他的雙眼卻同在夢裡似的，還懸在富士山的頂上。幾個柔軟的指頭和他那冰冷的手指遇著的時候，他不覺驚了一下，伸轉了手，回頭來一看，卻好她也正在那裡轉過她的視線來。兩人看了一眼，默默地就各把頭低去了。

站了一忽，伊人就改換了聲音，光明正大的對她說：

「你怕走乏了呢，天也快晚了，我們回轉去罷。」

「就回轉去罷，可惜我們背後不能看太陽落山的光景。」

伊人向西天一看，太陽已經快下山去了。回轉了身，兩人並著的走了幾步，她說：

「影子的長！」

「這就是太陽落山的光景呀！」

海風又吹過一陣來，岸邊起了微波，同飛散了的金箔似的，浪影閃映出幾條光線來。

「你覺得涼麼，我把我的外套借給你好麼？」

「不涼……女人披了男人的外套，像什麼樣子呀！」

又默默的走了幾步，他看看遠岸已經有一層晚霞起來了。

他和K、B住的地方的岸上樹林外，有幾點黑影，圍了一堆紅紅的野火坐在那裡。

「那邊的小孩兒又在那裡生火了。」

「這正是一幅畫呀！我現在好像唱得出歌來的樣子。」[22]

Kennst du das Land, wo die Zitronen blühn,
Im dunkeln Laub die Goldorangen glühn,
Ein sanfter Wind vom blauen Himmel weht,
Die Myrte still und hoch der Lorbeer steht,

「底下的是重複句，怕唱不好了！」

Kennst du es wohl?

---

22 唱的是德國作家歌德（Johann Wolfgang von Goethe）在小說《威廉麥斯特的學徒時代》（Wilhelm Meisters Lehrjahre）中的角色迷孃（Mignon）所唱的詩歌，被稱為《迷孃之歌》（你可知道那地方）。

Dahin! Dahin
Möcht' ich mit dir, o mein Geliebter, ziehn!

她那悲涼微顫的喉音，在薄暮的海邊的空氣裡悠悠揚揚的浮盪著，他只覺得一層紫色的薄膜把他的五官都包住了。

Kennst du das Haus? auf Säulen ruht sein Dach,
Es glänzt der Saal, es schimmert das Gemach,
Und Marmorbilder stehn und sehn mich an:
Was hat man dir, du armes Kind, getan?

四邊的空氣一刻一刻的濃厚起來。海面上的涼風又掠過了他那火熱的雙頰，吹到她的頭髮上去。他聽了那一句歌，忽然想起了去年夏天欺騙他的那一個輕薄的婦人的事情來。

「你這可憐的孩子呀，他們欺負了你麼，唉！」

他自家好像變了迷孃（Mignon），無依無靠的一個人站在異鄉的日暮的海邊上的樣子。用了悲涼的聲調在那裡幽幽唱曲的好像是從細浪裡湧出來的寧婦（Nymph）[23]魅妹（Mermaid）[24]。他突然覺得「生的悶脫兒[25]」（Sentimental）起來，兩顆同珍珠似的眼淚滾下他的頰際來了。

Kennst du es wohl?
Dahin! Dahin
Möcht' ich mit dir, o mein Beschützer, ziehn.

---

23 常譯為寧芙，傳說中的水精靈。
24 常譯為美人魚。
25 感傷英文Sentimental的音譯。

Kennst du den Berg und seinen Wolkensteg?
Das Maultier sucht im Nebel seinen Weg,
In Höhlen wohnt der Drachen alte Brut,
Es stürzt der Fels und über ihn die Flut:
Kennst du ihn wohl?
　　Dahin! Dahin
Geht unser Weg; o Vater, laß uns ziehn!

她唱到了這一句，重複的唱了兩遍。她那尾聲悠揚同遊絲似的哀寂的清音，與太陽的殘照，都在薄暮的空氣裡消散了。西天的落日正掛在遠遠的地平線上，反射出一天紅軟的浮雲，長空高冷的帶起銀藍的顏色來，平波如鏡的海面，也加了一層橙黃的色彩，與四圍的紫氣溶了一團，她對他看了一眼，默默的走了幾步，就對他說：

「你確是一個『生的悶脫列斯脫！㉖』（Sentimentalist）」

他的感情脆弱的地方，怕被她看破，就故意的笑著說：

「說什麼話，這一個時期我早已經過去了。」

但是他頰上的兩顆珠淚，還未曾乾落，圓圓的淚珠裡，也反映著一條縮小的日暮的海岸。走到她放氈毯書籍的地方，暮色已經從松樹枝上走下來，空中懸掛的半規上弦的月亮，漸漸兒的放起光來了。

「再會再會！」

「再會……再……會！」

五、月光 Mondschein㉗

26 多愁善感者的英文音譯。

27 德文意為月光。

伊人回到他住的地方，看見B一個人呆呆的坐在廊下看那從松樹林裡透過來的黝暗的海岸。聽了伊人的腳步聲，B就回轉頭來叫他說：

「伊君！你上什麼地方去了，我們今天唱詩的時候只有四個人。你也不去，兩個好看的女學生也不來，只有我和K君和一位最難看的女學生。C夫人在那裡問你呢！」

「對不起得很，我因爲上館山去散步去了，所以趕不及回來。你已經吃過晚飯了麼？」

「吃過了。浴湯也好了，主人在那裡等你洗澡。」

洗了澡，吃了晚飯，伊人在電燈底下記了一篇長篇的日記。把迷孃（Mignon）的歌也記了進去，她說的話也記了進去，日暮的海岸的風景，悲涼的情調，他的眼淚，她的纖手，富士山的微笑，海浪的波紋，沙上的足跡，這一天午後他所看見聽見感得的地方都記了進去。寫了兩個多鐘頭，他愈寫愈加覺得有趣，寫好之後，讀了又讀，改了又改，又費去了一個鐘頭，這海岸的村落的人家，都已沉沉的酣睡盡了。寒冷靜寂的屋內的空氣壓在他的頭上肩上，他回頭看看屋裡，只有壁上的他那擴大的影子在那裡動著，除了屋頂上一聲兩聲的鼠鬥聲之外，更無別的音響振動著空氣。火缽裡的火也消了，坐在屋裡，覺得難受，他便輕輕的開了門，拖了草履，走下院子裡去，初八九的上弦的半月，已經斜在西天，快落山了。踏了松樹的影子，披了一身灰白的月光，他又穿過了松林，走到海邊上去。寂靜的海邊上的風景，比白天更加了一味淒慘潔淨的情調。在將落未落的月光裡，踏來踏去的走了一回，他走上白天他和她走過的地方去。差不多走到了的時候，他就站住了，曲了身去看白天他兩人的沙灘上的足跡去。同尋夢的人一樣，他總尋不出兩人的足印來。站起來又向西的走了一忽，伏倒去一尋，他自家的橡皮草履的足跡尋出來了。他的足跡的後邊一步一步跟上的她的足跡也尋了出來。他的胸前覺得跳躍的樣子，聖經裡的兩節話突然被他想出來了。

But I say unto you, that whosoever looketh on a woman to lust after her hath committed adultery with her already in his heart.[28]

And if thy right eye offend thee, pluck it out, and cast it from thee: for it is profitable for thee that one of thy members should perish, and not that thy whole body should be cast into hell.[29]

馬修 G.28-29[30]

伊人雖已經與婦人接觸過幾次，然而在這時候，他覺得他的身體又回到童貞未破的時候去了的一樣，他對O的心，覺得真是純潔高尚，並無半點邪念的樣子，想到了這兩節聖經，他的心裡又起衝突來了。他站起來閉了眼睛，默默的想了一回。他想叫上帝來幫助他，但是他的哲學的理智性怎麼也不許他祈禱，閉了眼睛，立了四五分

28「只是我告訴你們，凡看見婦女就動淫念的，這人心裡已經與他犯姦淫了。」

29「若是你的右眼叫你跌倒，就剜出來丟掉，寧可失去百體中的一體，不叫全身丟在地獄裡。」

30《馬太福音》第五章的第二十八節和第二十八節。

一忽，她就回轉身向樹林裡走去。他馬上追了過去，但是到樹林的口頭的時候，他忽然遇著了去年夏天欺騙他的那淫婦，含著了微笑，從樹林裡走了出來。啊的叫了一聲，他就想跑到家裡來，但是他的兩腳，怎麼也不能跑，苦悶了一回，他的夢才醒了。身上又發了一身冷汗，那一晚他再也不能睡了。去年夏天的事情，他又回想了出來。去年夏天他的身體還強健得很，在高等學校卒了業，正打算進大學去，他的前途還有許多希望在那裡。我們更換一所高一級的學校或改遷一個好一點的地方的時候感得的那一種希望心和好奇心，也在他的胸中醞釀。那時候他的經濟狀態，也比現在寬裕，家裡匯來的五百元錢，還有一大半存在銀行裡。他從他的高等學校的N市，遷到了東京，在芝區的赤倉旅館裡住了一個禮拜，有一天早晨在報上見了一處招租的廣告。因爲廣告上出租的地方近在第一高等學校的前面，所以去大學也不甚遠。他坐了電車，到那個地方去一看，是一家中流人家。姓N的主人是個五六十歲的強壯的老人，身體偉巨得很，相貌雖然獰惡，然而應對卻非常恭敬。出租的是樓上的兩間房子，伊人上樓去一看，覺得房間也還清潔，正坐下去，同那老主人在那裡講話的時候，扶梯上走上了一個二十三四的優雅的婦人來。手裡拿了一盆茶果，走到伊人的面前就恭恭敬敬跪下去對伊人行了一個禮。伊人對她看了一眼，她就含了微笑，對伊人丟了一個眼色。伊人倒反覺得害起羞來，她還是平平常常的好像得了勝利似的下樓去了。伊人說定了房間，就走下樓。出門的時候，她又跪在門口，含了微笑在那裡送他。他雖然不能仔仔細細的觀察，然而就他一眼所及的地方看來，剛才的那個婦人，確是一個美人。小小的身材，長圓的臉兒，一頭叢多的黑色的頭髮，墜在她的嬌白的額上。一雙眼睛活得很，也大得很大。伊人一路回到他的旅館裡去，在電車上就作了許多空想。

「名譽我也有了，從九月起我便是帝國大學的學生了。金錢我也還可以支持一年，現在還有二百八十餘元的積貯在那裡。第三個條件就是女人了。Ah, money, love and fame![31]」

他想到這裡，不覺露了一臉微笑，電車裡坐在他對面的一個中年的婦人，好像在那裡看他的樣子，他就在洋服包裡拿出了一冊當時新出版的日本的小說《一婦人》

31「噢！金錢、愛情、名聲！」

（Aru Onnan）[32]來看了。

第二天早晨，他一早就從赤倉旅館搬到本鄉的N的家去。因爲早晨還早得很，昨天看見的那婦人還沒有梳頭，粗衣亂髮的她的容姿，比梳妝後的樣子還更可愛，他一見了她就紅了臉，一句話也講不出來。她只含著了微笑，幫他在那裡整理從旅館搬來的物件。一隻書箱重得很，伊人一個人搬不動，她就跑過來幫伊人搬上樓去。搬上扶梯的時候，伊人退了一步，卻好衝在她的懷裡，她便輕輕地把伊人抱住了說：

「危險呀！要沒有我在這裡，怕你要滾下去了。」

伊人覺得一層女人的電力，微微的傳到他的身體上去。

他的自制力已經沒有了，好像在冬天寒冷的時候，突然進了熱霧騰騰的浴室裡去的樣子，伊人只昏昏的說：

「危險危險！多謝多謝！對不起對不起！……」

---

32 日本小說家有島武郎的小說，一般譯為《一個女人》（或る女），Aru Onnan為其日本念法的英文拼音。

伊人急忙走開了之後，她還在那裡笑著，看了伊人的惱羞的樣子，她就問他說：

「你怕羞麼！你怕羞我就下樓去！」

伊人正想回話的時候，她卻轉了身走下樓去了。

夏天的暑熱，一天一天的增加起來，伊人的神經衰弱也一天一天的重起來了。伊人在N家裡住了兩個禮拜，家裡的情形，也都被他知道了。N老人就是那婦人的義父，那婦人名叫M，是N老人的朋友的親生女。M有一個男人，是入贅的，現在鄉下的中學校裡做先生，所以不住在家裡的。

那婦人天天梳洗的時候，總把上身的衣服脫得精光，把她的乳頭胸口露出來。伊人起來洗面的時候每天總不得不受她的露體的誘惑，因此他的腦病更不得不一天重似一天起來。

有一天午後，伊人正在那裡貪午睡，M一個人不聲不響的走上扶梯鑽到他的帳子裡。她一進帳子伊人就醒了。伊人對她笑了一笑，她也對伊人笑著並且輕輕的說：

「底下一個人都不在那裡。」

伊人從蓋在身上的毛毯裡伸出了一隻手來，她就靠住了伊人的手把身體橫下來轉進毛毯裡去。

第二日她和她的父親要伊人帶上鎌倉去洗海水澡。伊人因爲不喜歡海水浴，所以就說：

「海水浴俗得很，我們還不如上箱根溫泉去罷。」

過了兩天，伊人和M及M的父親，從東京出發到箱根去了。在宮下的奈良屋旅館住下的第二天，M定要伊人和她上蘆湖去，N老人因爲家裡丟不下，就在那一天的中飯後回東京去了。

吃了中飯，送N老人上了車，伊人就和她上蘆湖去。倒行的上山路緩緩的走不上一個鐘頭，她就不能走了。好容易到了蘆湖，伊人和她又投到紀國屋旅館去住下。換了衣服，洗了汗水，吃了兩杯冰麒麟，覺得元氣恢復起來，閉了紙窗，她又同伊人睡了。

過了一點多鐘太陽沉西的時候，伊人又和她去洗澡去。

吃了夜飯，坐了二三十分鐘，樓下還很鬧熱的時候，M就把電燈熄了。

第二天天氣熱得很，伊人和她又在蘆湖住了一天，第三天的午後，他們才回到東京來。

伊人和M，回到本鄉的家裡的門口的時候，N老人就迎出來說：

「M兒！W君從病院裡出來了！」

「啊！這……病好了麼，完全好麼了！」

M的面上露出了一種非常歡喜的樣子來，伊人以爲W是她的親戚，所以也不驚異，走上家裡去之後，他看見在她的房裡坐著一個三十來歲的男子。這男子的身體雄偉得很，臉上帶著一臉酒肉氣，見伊人進來，就和伊人敘起禮來。N老人對伊人說：

「這一位就是W君，在我們家住了兩年了。今年已經在文科大學卒業。你的名氏他也知道的，因爲他學的是漢文，所以在雜誌上他已經讀過你的詩的。」

M一面對W說話，一面就把衣服脫下來，拿了一塊手巾把身上的汗揩了，揩完之後，把手巾提給伊人說：

「你也揩一揩罷！」

伊人覺得不好看，就勉強的把面上的汗揩了。伊人與W雖是初次見面，但總覺得不能與他合伴。不曉是什麼理由，伊人總覺得W是他的仇敵。說了幾句閒話，伊人上樓去拿了手巾肥皂，就出去洗澡去了。洗了澡回來，伊人在門口聽見M在那裡說笑，好像是喜歡得了不得的樣子。伊人進去之後，M就對他說：

「今天晚上W先生請我們吃雞，因爲他病好了，今天是他出病院的紀念日。」

M又說W因爲害腎臟病，到病院住了兩個月，今天才出病院的。伊人含糊的答應了幾句，就上樓去了。這一天的晚上，伊人又害了不眠症（Insomnia）[33]，開了眼睛，竟一睡也睡不著。到十二點鐘的時候，他聽見樓底下的M的房門輕輕兒的開了，一步一步的M的腳步聲走上她的間壁的W的房裡去。嘰哩咕嚕的講了幾句之後，W特有的那一種嗚嗚的喘聲出來了。伊人正同披了一身冷水的樣子，他的心臟的鼓動也停止了，他的腦裡的血液也凝住了。他的耳朵同犬耳似的直豎了起來，樓下的一舉一動他都好像看得出來的樣子。W的肥胖的肉體，M的半開半閉的眼睛，散在枕上的她的頭髮，她的嘴唇和舌尖，她的那一種粉和汗的混和的香氣，下體的顫動……。他想到這裡，已經不能耐了。愈想睡不著。樓下息息索索的聲響，更不止的從樓板上傳到他的

33即失眠。

耳膜上來。他又不敢作聲，身體又不敢動一動。他胸中的苦悶和後悔的心思，一時同暴風似的起來，兩條冰冷的眼淚從眼角上流到耳朵根前，從耳朵根前滴到枕上去了。

天將亮的時候M才幽腳幽手的回到她自己的房裡去，伊人聽了一忽，覺得樓底下的聲音息了。翻來覆去的翻了幾個身，才睡著了。睡不著一點多鐘，他又醒了。下樓去洗面去的時候，M和W都還睡在那裡，只有N老人從院子對面的一間小屋裡（原來老人是睡在這間小屋裡的）走了下來，擦擦眼睛對伊人說：

「你早啊！」

伊人答應了一聲匆匆洗完了臉，就套上了皮鞋，跑出外面去。他的腦子裡正亂得同蜂巢一樣，不曉得怎麼才好。他亂的走了一陣，卻走到了春日町的電車交換的十字路口了。不問清白，他跳上了一乘電車就乘在那裡，糊糊塗塗的換了幾次車，電車到了目黑的終點了。太陽已經高得很，在田塍路上穿來穿去的走了十幾分鐘，他覺得頭上曬得痛起來，用手向頭上一摸，才知道出來的時候，他不曾把帽子戴來。向身上腳下一看，他自家也覺得好笑起來。身上穿了白綢的寢衣，赤了腳穿了一雙白皮的靴子。他覺得羞極了，要想回去，又不能回去，走來走去的走了一回，他就在一塊樹蔭的草地上坐下了。

把身邊的錢包取出來一看，包包裡還有三張五元的鈔票和二三元零錢在那裡，幸喜銀行的帳簿也夾在錢包裡面，翻開來一看，只有一百二十元錢存在了。他靜靜的坐了一忽，想了一下，忽把一月前頭住過的赤倉旅館想了出來。他就站起來走，穿過了幾條村路，尋到一間人力車夫的家裡，坐了一乘人力車，便一直的奔上赤倉旅館去。在車上的幌簾裡，他想想一月前頭看了房子回來在電車上想的空想，不知不覺的就滴了兩顆大眼淚下來。

「名譽，金錢，婦女，我如今有一點什麼？什麼也沒有，什麼也沒有。我……我只有我這一個將死的身體。」

到了赤倉旅館，旅館裡的聽差的看了他的樣子，都對他笑了起來：

「伊先生，你被強盜搶劫了麼？」

伊人一句話也回答不出來，就走上帳桌寫了一張字條，對聽差的說：

「你拿了這張字條，上本鄉××町×××號地的N家去把我的東西搬了來。」

伊人默默的上一間空房間裡去坐了一忽，種種傷心的事情，都同春潮似的湧上心來，他愈想愈恨，差不多想自家尋死了，兩條眼淚連連續續的滴下他的腮來。

過了兩個鐘頭之後，聽差的人回來說：

「伊先生你也未免太好事了。那一個女人說你欺負了她，如今就要想遠遁了。她怎麼也不肯把你的東西交給我搬來。

「她說還有要緊的事和你親說，要你自家去一次。一個三十來歲的同牛也似的男人說你太無禮了。因爲他出言不遜，所以我和他一起鬧了一場。那一隻牛大概是她的男人呢？」

「她另外還說什麼？」

「她說的話多得很呢！她說你太卑怯了！並不像一個男子漢。那是她看了你的字條的時候說的。」

「是這樣的麼，對不起得很，要你空跑一次。」

一邊這樣的說，一邊伊人就拿了兩張鈔票，塞在聽差的手裡。聽差的要出去的時候，伊人又叫他回來，要他去拿了幾張信紙信封和筆硯來。筆硯信紙拿來了之後，伊人寫了一封長長的信給M。

第三天的午前十時，橫濱出發的春日丸輪船的二等艙板上，伊人呆呆的立在那裡，他站在鐵欄旁邊，一瞬也不轉的在那裡看漸漸兒小下去的陸地。輪船出了東京灣，他還呆呆的立在那裡，然而陸地早已看不明白了，因爲船離開橫濱港的時候，他的眼睛就模糊起來，他的眼瞼毛上的同珍珠似的水球，還有幾顆沒有乾著，所以他不能下艙去跟別的客人接談。

對面正屋裡的掛鐘敲了二下，伊人的枕上又滴了幾滴眼淚下來，那一天午後的事情，箱根旅館裡的事情，從箱根回來那一天晚上的事情，他都記得清清楚楚，同昨天的事情一樣。

立在橫濱港口春日丸船上的時候的懊惱又在他的胸裡活了轉來，那時候嚐過的苦味他又不得不再嚐一次。把頭搖了一搖，翻了一轉身，他就輕輕的說：

「O呀O！你是我的天使，你還該來救救我。」

伊人又把白天她在海邊唱的迷孃的歌想了出來：

「你這可憐的孩子呀，他們欺負了你了麼？唉！」

「Was hat man dir, du armcs kind, getan?」

伊人流了一陣眼淚，心地漸漸兒的和平起來，對面正屋裡的掛鐘敲三點的時候，他已經嘶嘶的睡著了。

六、崖上 Abgrund㉞

伊人醒來的時候已經是九點多了。窗外好像在那裡下雨的樣子，簷漏的滴聲傳到被裡睡著的伊人的耳朵裡來。開了眼又睡了一刻鐘的樣子，他起來了。開門一看，一層朦朧的微雨，把房屋樹林海岸遮得同水墨畫一樣。伊人洗完了臉，拿出一本喬其墨亞的小說來，靠了火缽讀了幾頁，早膳來了。吃過早膳，停了三四十分鐘，K和B來說閒話，伊人問他們今天有沒有聖經班，他們說沒有，聖經班只有禮拜二禮拜五的兩天有的。伊人一心想和O見面，所以很願意早一刻上C夫人的家裡去，聽了他們的

34 德文意為深淵。

話，他也覺得有些失望的地方，B和K說到中飯的時候，各回自家的房裡去了。

吃了中飯，伊人看了一篇喬其墨亞（George Moore）[35]的《往事記》（*Memoirs of my dead life*）[36]，那鐘聲又噹噹的響了起來。

伊人就跑也似的走到C夫人的家去。K和B也來了，兩個女學生也來了，只有O不來，伊人胸中磽磽落落地總平靜不下去。一分鐘過去了，五分鐘過去了，O終究沒有來。讚美詩也唱了，祈禱也完了，大家都快散去了，伊人想問她們一聲然而終究不能開口。兩個女學生臨去的時候，K倒問她們說：

「O君怎麼今天又不來？」

一個年輕一點的女學生回答：

「她今天身上又有熱了。」

伊人本來在那裡作種種的空想的，一聽了這話，就好像是被宣告了死刑的樣子，

35 常譯為喬治·摩爾，愛爾蘭小說家。

36 有譯名為《我的死了的生活的回憶》。

他的身上的血管一時都覺得漲破了。

他穿了鞋子，急急的跟了那兩個女學生出來。等到無人看見的時候，他就追上去問那兩個女學生說：

「對不起得很，O君是住在什麼地方的，你們可以領我去看看她麼？」

兩個女學生盡在前頭走路，不留心他是跟在她們後邊的，被他這樣的一問就好像驚了似的回轉身來看他。

「啊！你怎麼雨傘都沒有帶來，我們也是上O君那裡去的，就請同去罷！」

兩個女學生就拿了一把傘借給了他，她們兩個就合用了一把向前的走去。在如煙似霧的微雨裡走了一二十分鐘，他們三人就走到了一間新造的平屋門口，門上掛著一塊O的名牌，一扇小小的門，卻與那一間小小的屋相稱。三人開門進去之後，就有一個老婆子迎出來說：

「請進來！這樣的下雨，你們還來看她，眞眞是對不起得很了。」

伊人跟了她們進去，先在客室裡坐下，那老婆子捧出茶來的時候，指著伊人對兩個女學生問說：

「這一位是……」

這樣的說了，她就對伊人行起禮來。兩個女學生也一邊說一邊在那裡陪禮。

「這位是東京來的。夫人的朋友，也是基督徒。……」

伊人也說：

「我姓伊，初次見面，以後還請照顧照顧。……」

初見的禮完了，那老婆就領伊人和二個女學生到O的臥室裡去。O的臥室就在客室的間壁，伊人進去一看，見O紅著了臉，睡在紅花的縐布被裡，枕邊上有一本書攤在那裡。

腳後擺著一個火缽，火缽邊上有一個坐的蒲團，這大約是那個老婆坐的地方。火缽上的鐵瓶裡，有一瓶沸的開水，在那裡發水蒸汽，所以室內溫暖得很。伊人一進這臥室就聞得一陣香水和粉的香氣，這大約是處女的閨房特有的氣息。老婆領他們進去之後，把火缽移上前來，又從客室裡拿了三個坐的蒲團來，請他們坐了。伊人一進這病室，就覺得有一種悲哀的預感，好像有人在他的耳根前告訴說：

「可憐這一位年輕的女孩，已經沒有希望了。你何苦又要來看她，使她多一層煩憂。」

一見了她那被體熱蒸紅的清瘦的臉兒，和她那柔和悲寂的微笑，伊人更覺得難受，他紅了眼，好久不能說話，只聽她們三人輕輕地在那裡說：

「啊！這樣的下雨，你們還來看我，眞對不起得很呀。」（O的話）

「那裡的話，我們橫豎在家也沒什麼事的。」（第一個女學生）

「C夫人來過了麼？」（第二個女學生）

「C夫人還沒有來過，這一點小病又何必去驚動她，你們可以不必和她說的。」

「但是我們已經告訴她了。」

「伊先生聽了我們的話，才知道你是不好。」

「啊！眞對你們不起，這樣的來看我，但是我怕明天就能起來的。」

伊人覺得O的視線，和他自家的一樣，也在那裡閃避。

所以伊人只是俯了首，在那裡聽她們說閒話，後來那年紀最小的女學生對伊人說：

「伊先生！你回去的時候，可以去對C夫人說一聲，說O君的病並不利害。」

伊人誠誠懇懇的舉起視線來對O看了一眼，就馬上把頭低下去說：

「雖然是小病，但也要保養……」

說到這裡，他覺得說不下去了。

三人坐了一忽，說了許多閒話，就站起來走。

「請你保重些！」

「保養保養！」

「小心點……！」

「多謝多謝，對你們不起！」

伊人臨走的時候，又深深的對O看了一眼，O的一雙眼睛，也在他的面上遲疑了一回。他們三人就回來了。

禮拜日天晴了，天氣和暖了許多。吃了早餐，伊人就與K和B，從太陽光裡躺著的村路上走到北條市內的禮拜堂去做禮拜。雨後的鄉村，滿目都是清新的風景。一條沙泥和矽石結成的村路，被雨洗得乾乾淨淨在那裡反射太陽的光線。道旁的枯樹，以青蒼的天體作爲背景，挺著枝幹，好像有一種新生的氣力貯蓄在那裡的樣子，大約發芽的時期也不遠了。空地上的枯樹投射下來的影子，同蒼老的南畫的粉本一樣。伊人同K和B，說了幾句話，看看近視眼的K，好像有不喜歡的樣子形容在面上，所以他就也不再說下去了。

到了禮拜堂裡，一位三十來歲的，身材短小，臉上有一簇鬧腮短鬍子的牧師迎了出來。這位牧師和伊人是初次見面，談了幾句話之後，伊人就覺得他也是個沉靜無言的好人。牧師也是近視眼，也戴著一雙鋼絲邊的眼鏡，說話的時候，語音是非常沉鬱的。唱詩說教完了之後，是自由說教的時刻了。

近視眼的K，就跳上壇上去說：

「我們東洋人不行不行。我們東洋人的信仰全是假的，有幾個人大約因爲想學幾句外國話，或想與女教友交際交際才去信教的。所以我們東洋人是不行的。我們若要信教，要同原始基督教徒一樣的去信才好。也不必講外國話，也不必同女教友交際的。」

伊人覺得立時紅起臉來，K的這幾句話，分明就是在那裡攻擊他的。第一何以不說「日本人」要說「東洋人？」在座的人除了伊人之外還有誰不是日本人呢？講外國話，與女教友交際，這是伊人的近事。K的演說完了之後，大家起來祈禱，祈禱畢禮拜就完了。伊人心裡只是不解，何以K，要反對他到這一個地步。來做禮拜的人，除了C夫人和那兩個女學生之外，都是些北條市內的住民，所以K的演說也許大家是不能理會的，伊人想到了這裡，心裡就得了幾分安易。眾人還沒散去之先，伊人就拉了B的手，匆匆的走出教會來了。走盡了北條的熱鬧的街路，在車站前面要向東折的時候，伊人對B說：

「B君，我要問你幾句話，我們一直的去，穿過了車站，走上海岸去罷。」

穿過了車站走到海邊的時候，伊人問：

「B君，剛才K君講的話，你可知道是指誰說的？」

「那是指你說的。」

「K何以要這樣的攻擊我呢！」

「你要曉得K的心裡是在那裡想O的。你前天同她上館山去，昨天上她家去看她的事情，都被他知道了。他還在C夫人的面前說你呢！」

伊人聽了這話，默默的不語，但是他面上的一種難過的樣子，卻是在那裡說明他的心理的狀態。他走了一段，又問，說：

「你對這事情的意見如何，你說我不應該同O君交際的呢還是怎麼？」

「這話我也難說，但是依我的良心而說，我是對K君表同情的。」

伊人和B又默默的走了一段，伊人自家對自家說：

「唉！我又來做盧亭（Routine）[37]了。」

日光射在海岸上，沙中的矽石同鑽石似的放了幾點白光。一層藍色透明的海水的細浪，就打在他們的腳下，伊人俯了首走了一段，仰起來看看蒼空，覺得一種悲涼孤冷的情懷，充滿了他的胸裡，他讀過的盧騷著的《孤獨者之散步》[38]裡邊的情味，同潮也似的湧到他的腦海裡來，他對B說：

「快十二點鐘了，我們快一點回去罷。」

37常譯為羅亭，是俄國小說家伊凡．屠格涅夫筆下小說《羅亭》的男主角。性格特徵為「語言的巨人，行動的侏儒」。

38有譯名為盧梭《一個孤獨漫步者的遐想》。

七、南行 Nach Sueden![39]

禮拜天的晚上，北條市內的教會裡，又有祈禱會，祈禱畢後，牧師請伊人上壇去說話。伊人揀了一句《山上垂誡》[40]裡邊的話作他的演題：

「Blessed are the poor in spirit, for theirs is the kingdom of heaven.（Matthew 5:3）[41]

「心貧者福矣，天國爲其國也。

「說到這一個『心』字，英文譯作Spirit，德文譯作Geist，法文是Esprit，大約總是作『精神』講的。精神上受苦的人是有福的，因爲耶穌所受的苦，也是精神上的苦。說到這『貧』字，我想是有二種意思，第一就是我們平常所說的貧苦的『貧』，就是由物質上的苦而及於精神上的意思。第二就是孤苦的意思，這完全是精神上的苦

39 德文意為「向南」。
40 一般譯為《山上寶訓》。
41 《馬太福音》第五章第三節。

處。依我看來，耶穌的說話裡，這兩種意思都是包含在內的。托爾斯泰說，山上的說教，就是耶穌教的中心要點，耶穌教義，是不外乎山上的垂誡，後世的各神學家的爭論，都是牽強附會，離開正道的邪說，那些枝枝葉葉，都是掩藏耶穌的眞意的議論，並不是顯彰耶穌的道理的燭炬。

「我看托爾斯泰信仰論裡的這幾句話是很有價值的。耶穌教義，其實已經是被耶穌在山上說盡了。若說耶穌教義盡於山上的說教，那麼我敢說山上的說教就盡於這『心貧者福矣』的一句話。因爲「心貧者福矣」是山上說教的大綱，耶穌默默的走上山去，心裡在那裡想的，就是一句可以總括他的意思的話。他看看群眾都跟了他來，在山上坐下之後，開口就把他所想說的話的綱領說了：

「『心貧者福矣，天國爲其國也。』

「底下的一篇說教，就是這一個綱領的說明演繹，馬太福音，想是諸君都研究過的，所以底下我也不要說下去，我現在想把我對於這一句綱領的話，究竟有什麼感想，這句話的證明，究竟在什麼地方能尋得出來的話，說給諸君聽聽，可以供諸君作一個參考。我們的精神上的苦處，有一部分是從物質上的不滿足而來的。例如游俄

（Hugo）的《哀史》（Les Misérables）裡的主人公詳乏兒詳（Jean Valjean）[42]的偷竊，是由於物質上的貧苦而來的行動，後來他受的苦悶，就成了精神上的苦惱了。更有一部分經濟學者，從唯物論上立腳，想把一切厭世的思想的原因，都歸到物質上的不滿足的身上去。他們說要是蕭本浩（Schopenhauer）[43]有一個理想的情人，他的哲學《意志與表象的世界》（Die Welt als Wille und Vorstellung）就沒有了。這未免是極端之論，但是也有半面眞理在那裡。所以物質上的不滿足，可以釀成精神上的愁苦的。耶穌的話，『心貧者福矣，』就是教我們應該耐貧苦，不要去貪物質上的滿足。

「基督教的一個大長所，就是教人尊重清貧，不要去貪受世上的富貴。聖經上有一處說，有錢的人非要把錢丟了，不能進天國，因爲天國的門是非常窄的。亞西其的

42 即法國作家維克多・雨果（Victor Hugo）於一八六二年發表的《悲慘世界》（Les Misérables），主人公一般譯為尚萬強。

43 叔本華，德國哲學家，唯意志論主義的開創者，其思想對近代的學術界、文化界影響極為深遠。

聖人弗蘭西斯（St. Francis of Assisi.）[44]就是一個尊貧輕富的榜樣，他丟棄了父祖的家財，甘與清貧去作伴，依他自家說來，是與窮苦結婚，這一件事有何等毅力！在法庭上脫下衣服來還他父親的時候，誰能不被他感動！這是由物質上的貧苦而釀成精神上的貧苦的說話。耶穌教我們輕富尊貧，就是想救我們精神上的這一層苦楚。由此看來，耶穌教畢竟是貧苦人的宗教，所以耶穌教與目下的暴富者，無良心的有權力者不能兩立的。我們現在更要講到純粹的精神上的貧苦上去。純粹的精神上的貧苦的人，就是下文所說的有悲哀的人，心腸慈善的人，對正義如飢如渴的人，以及愛平和，施恩惠，爲正義的緣故受逼迫的人，這些人在我們東洋就是所謂有德的人。古人說德不孤單，必有鄰，現在卻是反對的了。爲和平的緣故，勸人息戰的人，反而要去坐監牢去。爲正義的緣故，替勞動者抱不平的人，反而要去作囚人服苦役去。對於國家的無理的法律制度反抗的人，要被火來燒殺。我們讀歐洲史讀到清教徒的被虐殺，路得的被當時德國君主迫害的時候，誰能不發起怒來。這些甘受社會的虐待，願意爲民眾作犧牲的人，都是精神上覺得貧苦的人啊！

44 聖方濟各亞西西，簡稱方濟各，又譯為聖法蘭西斯，方濟各會的創辦者，知名的苦行僧。

「所以耶穌說：『心貧者福矣，天國爲其國也。』最後還有一種精神上貧苦的人，就是有純潔的心的人。這一種人抱了純潔的精神，想來愛人愛物，但是因爲社會的因習，國民的慣俗，國際的偏見的緣故，就不能完全作成耶穌的愛，在這一種人的精神上，不得不感受一種無窮的貧苦。另外還有一種人，與純潔的心的主人相類的，就是肉體上有了疾病，雖然知道神的意思是如何，耶穌的愛是如何，然而總不能去做的一種人。這一種人在精神上是最苦，在世界上亦是最多。凡對現在，唯物的浮薄的世界不能滿足，而對將來的歡喜的世界的希望不能達到的一種世紀末（Fin de siècle）的病弱的理想家，都可算是這一類的精神上貧苦的人。他們在這墮落的現世雖然不能得一點同情與安慰，然而將來的極樂國定是屬於他們的。」

伊人在北條市的那個小教會的壇上，在同淡水似的煤汽燈光的底下說這些話的時候，他那一雙水汪汪的眼光盡在一處凝視，我們若跟了他的視線看去就能看出一張蒼白的長圓的臉兒來。這就是O呀！

O昨天睡了一天，今天又睡了大半日，到午後三點鐘的時候，才從被裡起來，看看熱度不高，她的母親也由她去了。O起床洗了手臉，正想出去散步的時候，她的朋友那兩個女學生來了。

「請進來，我正想出去看你們呢！」（O的話）

「你病好了麼？」（第一個女學生）

「起來也不要緊的麼？」（第二個女學生）

「這樣惱人的好天氣，誰願意睡著不起來呀！」

「晚上能出去麼？」

「聽說伊先生今晚在教堂裡說教。」

「你們從那裡得來的消息？」

「是C夫人說的。」

「剛才唱讚美詩的時候說的。」

「我應該早一點起來，也到C夫人家去唱讚美詩的。」

在O的家裡有了這次會議之後，過了三個鐘頭，三個女學生就在北條市的小教會裡聽伊人的演講了。

伊人平穩的說完了之後，聽了幾聲鼓掌的聲音，就從講台上走了下來。聽的人都站了起來，有幾個人來同伊人握手攀談，伊人心裡雖然非常想跑上O的身邊去問她的病狀，然而看見有幾個青年來和他說話，不得已只能在火爐旁邊坐下了。說了十五分鐘閒話，聽講的人都去了，女學生也去了，O也去了，只有K與B，和牧師還在那裡。看看伊人和幾個青年說完了話之後，B就光著了兩隻眼睛，問伊人說：

「你說的輕富尊貧，是與現在的經濟社會不合的，若說個個人都不講究致富的方法，國家不就要貧弱了麼？我們還要念什麼書，商人還要做什麼買賣？你所講的與你們搗亂的中國，或者相合也未可知，與日本帝國的國體完全是反對的。什麼社會主義呀，無政府主義呀，那些東西是我所最恨的。你講的簡直是煽動無政府主義，社會主義的話，我是大反對的。」

K也擊了兩手叫著說：

「Es, es, alright, alright, mista B yare yare!」

（不錯不錯，贊成贊成，B君講下去講下去！）

（Yare yare是日本語，翻譯出來就是Bravo, Bravo，或者Go on, go on!的意思。）

和伊人談話的幾個青年裡邊的一個年輕的人忽站了起來對B說：

「你這位先生大約總是一位資本家家裡的食客。我們工人勞動者的受苦，全是因爲了你們資本家的緣故嚇！資本家就是因爲有了幾個臭錢，便那樣的作威作福的兇惡起來，要是大家沒有錢，倒不是好麼？」

「你這黃口的小孩，曉得什麼東西！」

「放你的屁！你在有錢的大老官那裡拍拍馬屁，倒要罵起人來！……」

B和那個青年差不多要打起來了，伊人獨自一個就悄悄的走到外面來，北條街上的商家，都已經睡了，一條靜寂的長街上，灑滿了寒冷的月光，從北面吹來的涼風，夾了沙石，打到伊人的面上來。伊人打了幾個冷痙，默默的走回家去，走到北條火車站前，折向東去的時候，對面遇著幾個微醉的勞動者，幽幽的唱著了鄉下的小曲過去了。勞動者和伊人的距離漸漸兒的遠起來，他們的歌聲也漸漸兒的幽了下去，在這春寒陡峭的月下，在這深夜靜寂的海岸漁村的市上，那尾聲微顫的勞動者的歌音，眞是哀婉可憐。伊人一邊默默的走去，俯首看著他在樹影裡出沒的影子，一邊聽著那勞動者的淒切悲涼的俗曲的歌聲，忽然覺得鼻子裡酸了起來，O對他講的一句話，他又想出來了：

「你確是一個生的悶脫列斯脫！」

伊人到家的時候，已經是十一點鐘的光景，房裡火鉢內的炭火早已消去了。午後五點的時候從海上吹來的一陣北風，把內房州一帶的空氣吹得冰冷，他寫好了日記，正在改讀的時候，忽然打了兩個噴嚏。衣服也不換，他就和衣的睡了。

第二天醒來的時候，伊人覺得頭痛得非常，鼻孔裡吹出來的兩條火熱的鼻息，難受得很。房主人的女兒拿火來的時候，他問她要了一壺開水，他的喉音也變了。

「伊先生，你感冒了風寒了。身上熱不熱。」

伊人把檢溫計放到腋下去一測，體熱高到了三十八度六分。他講話也不願意講，只是沉沉的睡在那裡。屋主人來看了他兩次，午後三點半鐘的時候C太太來看他的病，他對她道了一聲謝，就不再說話了。晚上C太太拿藥來給他的時候，他聽C太太說：

「O也傷了風，體熱高得很，大家正在那裡替她憂愁。」

禮拜二的早晨，就是伊人傷風後的第二天，他覺得更加難受，看看體熱已增加三十九度二分了。C太太替他去叫了醫生來一看，醫生果然說：

「害怕變成肺炎，不如使他入病院的好。」

午後四點鐘的時候在夕陽的殘照裡，有一乘寢台車，從北條的八幡海岸走上北條市的北條病院去。

這一天的晚上，北條病院的樓上朝南的二號室裡，幽暗的電燈光的底下，坐著了一個五十歲前後的禿頭的西洋人和C夫人在那裡幽幽的談議，病室裡的空氣緊迫得很。鐵床上白色的被褥裡，有一個清瘦的青年睡在那裡。若把他那瘦骨棱棱的臉上的兩點被體熱蒸燒出來的紅影和口頭的同微蟲似的氣息拿去了，我們定不能辨別他究竟是一個蠟人呢或是肉體。

這青年便是伊人。

一九二一年七月二十七日作了

迷孃的歌（Mignon），歌德（Goethe）

那檸檬正開的南鄉，你可知道？
金黃的橙子，在綠葉的陰中光耀，
柔軟的微風，吹落自蒼空昊昊，
長春松靜，月桂枝高，
那多情的南國，你可知道？
我的親愛的人，你去也，我亦願去南方，與你終老！
你可知道，那柱上的屋樑，那南方的樓閣？
金光燦爛的華堂，光彩耀人的幽屋，
大理白石的人兒，立在那邊瞧我，
「可憐的女孩呀！你可是受了他人的欺辱？」
你可知道，那南方的樓閣？

我的恩人，你去也，我亦願去南方，與你同宿！
你可知道，那雲裡的高山，山中的曲徑？
山間的驢子在雲霧的中間前進，
深淵裡，有蛟龍的族類，在那裡潛隱，
險峻的危岩，岩上的飛泉千仞，
你可知道那雲裡的高山，山中的曲徑？
我的爹爹，我願一路與你馳騁！

達夫譯

唯命論者

一

在××市立第十七小學教書的李德君先生，今天又滿懷了不快，從家裡悶悶地走上了學校；原因是當他在吃泡飯的時候，湯水太熱，舌頭上燙起了一個泡。而「福無雙至，禍不單行」的兩句老話，卻是他最佩服的定命哲學。

出胡同，轉了一個彎，正走到了河沿邊上的時候，河邊大樹上剛要飛走的一隻老鴉，又呱呱呱的向他叫了兩三聲。一邊走著，一邊張了怒目，正在嗔視著這隻老鴉的去向，初出屋頂的太陽光線，又無端射進了他的眼睛。雙眼一感到眩惑，腳步亂了，拍搭一鉤，鋪路的亂石，又攀住了他那雙頭上早已開了大口的舊皮鞋腳。

「晦氣晦氣！眞是禍不單行！」

嘴裡呸呸地向地上唾出了兩口唾沫，心裡這樣轉著，他想馬上跑回家去，尋出他那位也是小學教員出身，雖則是去年年底剛滿二十六歲，但已經生下了六個小孩，衰老得像六十二歲的老太太似的夫人來，大鬧一場，問她爲什麼泡飯要燒得那麼的熱。但時間來不及了，八點半就要上課的，頭次預備鐘已經在打起來了；鐺鐺鐺鐺的鐘聲，只在晴空裡繚繞，又輕鬆又快活，好像在嘲笑李德君先生的不幸。

急忙趕到了休息室裡，把頭上壓在那裡的那頂黃色舊黑呢帽一除，他的禿頂的頭上放出了一層蒸籠饅頭似的熱氣；三腳兩步搶上課堂，亮光光的饅頭上，熱氣已經結成了珠汗了。

「諸位小朋友，唉喝，唉喝，諸位小朋友……今天，……今天讀的，是一隻小鳥的故事……」

正講到這一個題目，坐在第二排末尾的那個最頑皮的小孩，卻舉起了手來。

「李先生！我要撒鳥①！」

---

1 撒尿。

李先生氣起來了，放下了書本，就張大了眼，大聲對這小孩喝著說：

「剛上著課，就要撒鳥？不准去！」

小孩也急起來了，又叫說：

「李先生，我要撒出來了！」

李先生低頭想了一想，結果沒有法子，終究還只好讓他出課堂去。

午前三個鐘頭的課上完之後，李先生的嘴顎骨感到了酸痛，亮晶晶的光頭上似乎也消去了一層亮光。手裡夾著了一大堆要改的日記簿，曲著背，低著頭，走回家來吃中飯的時候，他的第五位公子正因爲撒出了大便在換衣服；夫人燒飯，自然也爲此挨遲了鐘點。

不得已，李德君先生只好餓著肚皮，先去改學生的卷子。一卷，二卷，三卷，四卷，改到後來，他也氣起來了，拿起了邊上的一張白紙，就順筆的寫了下去：

「我李德君，係出隴西，家傳柱下②；少年進學，早稱才氣無雙，老去依人，豈竟

2柱下指老子，因老子曾任柱下史，故後以柱下代稱。

前程有限？每週所入，養一妻數子尚堪虞，此日所遭，竟五角六張[3]之更甚。馮唐易老[4]，李廣難封[5]，雖曰人事，詎非天命？

「視彼輕佻劣子，坐擁多金，樗櫟庸材[6]，高馳驛馬，則名教模楷，自只能嗚咽作五知先生傳矣[7]。況復三成四折[8]，一欠再延，枵腹從公[9]，低眉[10]渡世，若再稽遲十日

---

3 比喻事情不順利。古時認為五日遇角宿，六日遇張宿是不宜行事的日子。

4 慨嘆生不逢時，命運不好，或表示身已衰老，再不能有所作為。典故出自漢朝時，馮唐舉為賢良時已九十多歲，因太老無法當官。

5 比喻時運不濟。典故出自漢朝名將李廣，抗擊匈奴，屢立戰功，卻始終未能封侯。

6 比喻平庸無用之材。

7 五知為五種修身克己之道，謂知時，知難，知命，知退，知足也。宋人李繹曾著〈五知先生傳〉。

8 指薪資被扣三成，打四折。

9 餓著肚子辦理公務。

10 比喻憂愁困苦。

之薪，勢將索我於枯魚之肆[11]，嗚呼痛哉！亦唯命耳。」

寫完了這篇唯命論後，讀了一遍，想想前兩個月的薪水，還沒發下，而明天四塊半錢的房租，卻不得不付了，心裡自然同麻繩初捲似地攪搾了起來，於是卷子也改不下去了。

「吃飯，還是吃飯罷！……」心裡想著就叫出了口來，「餵！飯有沒有燒好？……你，你，你近來，老是像沒頭蒼蠅似的，什麼都弄不好。譬如今天早晨的泡飯罷，就燒得太燙，而這中飯哩，又燒得這麼的遲。」

他對夫人的態度，每次總是這樣的；在心裡，他簡直要一把拖起來打她一頓，可是潛意識裡的「她也眞可憐，嫁了我這一個年齡比她大一倍的老秀才，過的眞不是人的生活。一家八口，窮得連僱一個使傭人的錢都沒有。還是忍耐些罷！」等想頭，終於使他壓住了氣，只虎頭蛇尾地說幾句埋怨的話了事。但有時候，他說一句，她倒要回覆他到兩句三句之多，結果還是他先住了嘴，這就是他的所謂和夫人的大鬧。在學

11 賣乾魚的市場。比喻處於困境。

校的同事之間，他的地位，也只和在家庭裡的一樣。輕薄的少年同事，卑污的當局人等，都不把他當作人看。他心裡雖則如火如荼地在氣在惱，但結果只唉喝唉喝的空咳幾聲，就算出了氣。他在這小學勤勞了二十年了，眼見得同事的及學生之中的狡猾者，一個一個都鑽入了社會，攫取了富貴，而他自己的一點點薄俸，反而一年一年的減少了下去。幸虧二十幾年前的那一張師範講習所的證書在幫他的忙，所以每次校長更換的時候，他還保留了那個三十八元六角的位置，否則恐怕早連燙舌尖的泡飯，都要向施粥廠去乞取了。

因為肚子的餓和下午怕趕不著去上課的心裡的急，使他想起了幾十年來的生涯大事。十六歲的那一年進學，總算是一件喜事，十餘年前的和現在這位夫人初次結婚，總算也是一件喜事。另外則想來想去，終於沒有一件稱心的事。現在老了，臉上雖還沒有養起鬚子，但眉毛中間的直紋和眼角鼻下的斜皺，分明證實了孔子說他的「四十五十而無聞焉⑫」的一生。本來是不高不胖的身體，近來更曲了背瘦了肉，那一套

12出自《論語・子罕》，意為到了四、五十歲還默默無聞。

七、八年前做的粗呢中山裝，掛在身上，像是一面不吃風的風帆。黃而且黑的那張臉，自己在鏡子裡看起來，也像是個老婆婆。左右的幾個盤牙掉了以後，顴骨愈顯得高，顴下的兩個深窩愈陷得黑了。少年的痕跡，若還有一點殘留在他的臉上的話，那只可以舉出他的長眉下的一雙棱形的眼睛來，就是這一雙眼睛，近來也只變成了撞牆的急狗似的陰狠而可怕，那一種颯爽的英氣，早就消失了。

「唉喝，唉喝！飯究竟怎麼樣了？」

可是奇怪得很，今天他這樣的接二連三地催了幾聲，他的夫人卻並無惱怒的回話。不但她並不惱怒，一隻手抱了一個周歲的小孩，一隻手拿菜和飯給他。她的臉上，並且還滿含了一臉神祕的微笑。他摸了幾下禿頭，一邊吃飯，一邊在那裡猜，猜她今天有了什麼喜事。「大約是她的娘要從鄉下來吧？」但她的來，每次總是突如其來的，從來也沒有預先使她女婿女兒知道過一次。「或者是又有了孕了麼？」不對不對，這並不是喜事。默默地吃完了飯，猜了許多次的啞謎，覺得都不很像，結果他也忍不住了，就開了口：「喂！你在那裡笑什麼？」

「你三點鐘回來的時候，我再同你說。」

李先生的下午的授課，顯見得露出了慌張。等三點的下課鐘打後，他又夾了一大堆草簿回到屋裡的時候，他的臉上也滿含了一種微笑。這一回是輪到他的夫人來猜謎了，但她可聰明得很，一猜就猜中了他的喜事，「前兩個月的薪水發下來了。」從破中山裝的袋裡，將幾張舊鈔票拿出來交給他夫人的瞬間，他夫人也將她的隱藏了一個多月的秘密告訴了他。前回她娘上城裡來買東西，曾在店頭給了她手裡抱著的小兒子一塊錢。她下了絕大的決心，將這一塊錢去買了一張航空劵⑬，今天就是這航空券開獎的日子。

唯命論者的李先生，到此也有點動搖起來了，因而他所確信的哲學，也因果顛倒了一下，彷彿是變成了「禍無雙至，福不單行」的樣子；今天既發了薪水，這張獎劵當然是也可以中得的。很滿足地吃了早夜飯⑭，他嘴裡念著一四零三二零，一四零三二零的號碼，就匆匆走到了大街的一家賣獎劵的店頭。在燈燭輝煌，紅紙金字的招牌

13 民國二十年由中央政府發行的獎券，名為「航空公路建設獎券」，郁達夫也買過此券。
14 吃得早的晚飯。

掛得滿滿的這一家店門口，他走來走去先走了好幾遍。因爲從來沒有買過什麼獎劵，他心裡實在有點害怕，怕上這店裡去碰一個釘子。最後，鼓起了絕大的勇氣，把眼睛眨了幾眨，唉喝唉喝的空咳了幾聲，他才上櫃前幽幽地問了一聲：「今天開獎的號碼，有沒有曉得？」店裡的一位年輕的伙計，估量了他一眼，似乎看了他的神氣有點覺得好笑的樣子，只微笑著搖了一搖頭。他微微感到了一點失望，底下當然是不敢問下去了，不得已就離開了店，但心裡卻在打算再上另一家去試問一下。

低著頭，轉了幾個彎，正走入市裡頂熱鬧的那條大街的時候，他在左手的一家單間門面的店門口，忽而看見了一塊紅牌上用白水粉寫著的號碼，「一四零三二零。」他啊的一聲叫了起來，更張了大眼，向電燈光下，重新看了一遍。這家店明明是一家賣獎劵的店；紅牌上的水粉還沒乾，這號碼一定是今天開獎的上海電話裡來的號碼。一四零三二零，一四零三二零，決沒有錯。他渾身發起抖來了，臉上立時變成了蒼白。「這五萬塊錢！啊啊，這五萬塊錢！」他呆立在街上，不知立了幾分鐘，忽而又有三五個人走攏來看了。

有一個說：「一四零三二零，這次的頭獎不知落在什麼地方？」

另一位說：「底下的幾個小獎，我不知有沒有買著？」

聽了這幾句話，他抖得更是厲害，簡直是站也站不穩，走也走不動的樣子。不得已，只能叫一乘黃包車坐回家來，這雖是他二、三年來僅有的一次奢侈的破例，但不要緊，頭獎已經中了。坐在車上，發抖還是不止，有幾次抖得兇，險些兒身體都抖出到了車外。血氣回復了一點常態，他頭腦裡又忽而感到了一陣烘烘然的脹熱，車的周圍的世界，兩旁的燈火，都像在跳躍舞蹈，四面的人的眼睛，似乎全在盯視住他，而他們的嘴裡，又彷彿各在嗡嗡地叫說：「李德君中了頭獎了！李德君中了頭獎了！」車到了門口，跳下踏腳板後，雙腳一軟，他先朝大門覆跌⑮了下去。

「喂！喂！快點出來，快點出來！」

這樣的顫聲叫著他的夫人，他自己卻爬起又跌倒爬起又跌倒地爬不起身來。等夫人抱著小孩，把車錢付了，他才慢慢從地上爬起，走到了室內，而那頂黃色的舊黑呢帽，卻翻朝了天，被忘記在馬路的黑暗的中間。

---

15 失足翻倒。

「中了！中了！一四零三二零！」

抖著說著，說了半天，他才說出了這幾句不完全的話。他的發抖軟腳之病，立時就傳染給了他的夫人，手裡抱著的小孩，嘩嘩的從地上哭起來了。

兩人對抖著，呆視著，歇了半天，還是李先生先甦醒了轉來。他說：「喂！你那張獎券呢？讓我看，號碼究竟是不是一四零三二零。」

經他這麼一說，夫人也醒了；抱著小孩，她就上床頭去取出了那張狹狹的五顏六色的紙來。兩人爭奪了一下，拿近上煤油燈下去一照，仍舊是不錯，是幾個紅的一四零三二零的阿拉伯字。於是夫人先開口說：

「這一回可好了，你久想重做過的那一套中山裝好去做了。」

李先生接著也說：

「五萬元！豈止一套中山裝，你也可以去僱一個傭人來，買一件外面有皮的大衣。」

「還有小孩子們的衣服！」

「我們還要辦一個平民小學哩！」

「娘娘⑯她們，當然也要給她們一半。」

「一半太多，要給她們二萬五千元幹什麼。」

「那一塊錢，豈不是娘娘的麼？」

「但是買總是你買的。」

「還有我的另外的窮親戚也不少，就算一家給一千元罷，起碼也有二十幾家。」

「那麼剩下來豈不只五千元了麼？」

「五千元還不夠麼？」

「唉喝！唉喝！」

李先生的乾咳，大抵是不滿或不得已的心狀的表示。兩人沉默了下去，各懷著了不服。終於夫人硬不過李先生，等許久之後，又開始說了。

「這錢上哪裡去拿呢？」

「上上海去拿，我明天就辭了職上上海去拿。」

16子女對母親的稱呼。

「上海我也要去的。」

「你去幹什麼？」

「你可以去難道我不可以去？」

兩人又反了目，又沉默了下去。煤油燈疵的響了一聲，燈光暗下去了，燈裡的煤油點到了九分之九。等了不久，燈完全黑了，而窗外面的亮光，也從破壁縫透漏了進來。

三天之後，各獎券店裡，都來了對號單，這一次開彩的結果，頭獎沒有售出，特獎是一四六三二六號，阿拉伯字的六字與零字原也很像。

市立第十七小學門前的河裡，在這一天的晚上，於上海車到後不久，有一個矮矮的人投入了河。第二天早晨，校役起來掃地的時候，發見了禿頭的李先生的屍體，他的手裡捏著的還是一四零三二零的那一張獎券。

其後一兩個月中間，這一條河沿上夜裡就斷絕了行人，說是晚上過路的人，老見有一位矮矮的穿舊中山裝的禿頭老先生，會唉喝唉喝地出來兜售獎券。這或許是同打花會⑰的人一樣，在利用了李先生的死，而謀生財的大道。

一九三五年二月

17 清末明初的一種彩票，又叫花會、常家賭等。以古人像下配以牌九牌的挖花圖案而得名。

薄奠

上篇

一天晴朗的春天的午後，我因爲天氣太好，坐在家裡覺得悶不過，吃過了較遲的午飯，帶了幾個零用錢，就跑出外面去逛去。北京的晴空，顏色的確與南方的蒼穹不同。在南方無論如何晴快的日子，天上總有一縷薄薄的纖雲飛著，並且天空的藍色，總帶著一道很淡很淡的白味。北京的晴空卻不是如此，天色一碧到底，你站在地上對天注視一會，身上好像能生出兩翼翅膀來，就要一揚一擺的飛上空中去的樣子。這可是單指不起風的時候而講，若一起風，則人在天空下眼睛都睜不開，更說不到晴空的顏色如何了。那一天的午後，空氣非常澄清，天色眞青得可憐。我在街上夾在那些快樂的北京人士中間，披了一身和暖的陽光，不知不覺竟走到了前門外最熱鬧的一條街上。踏進了一家賣燈籠的店裡，買了幾張奇妙的小畫，重新回上大街緩步的時候，我忽而聽出了一陣中國戲園特有的那種原始的鑼鼓聲音來。我的兩隻腳就受了這聲音的牽引，自然而然的踏了進去。聽戲聽到了第三齣，外面忽而起了嗚嗚的大風，戲園的屋頂也有些兒搖動。戲散之後，推來讓去的走出戲園，撲面就來了一陣風沙。我眼睛閉了一忽，走上大街來僱車，車夫都要我七角六角大洋，不肯按照規矩折價。那時天雖則還沒有黑，但因爲風沙飛滿在空中，所以沉沉的大地上，已經現出了黃昏前的急景。店家的電燈，也都已上火，大街上汽車馬車洋車①擠塞在一處。一種車鈴聲叫喚聲，並不知從何處來的許多雜音，盡在那裡奏錯亂的交響樂。大約是因爲夜宴的時刻逼近，車上的男子定是去赴宴會，奇裝的女子想來是去陪席的。

一則因爲大風，二則因爲正是一天中間北京人士最繁忙的時刻，所以我僱車竟僱不著，一直的走到了前門大街。爲了上舉的兩種原因，洋車夫強索昂價，原是常有的事情，我因零用錢花完，袋裡只有四五十枚銅子，不能應他們的要求，所以就下了決

1 洋車是有兩根長桿，利用人力拖拉載人的車子。也稱為「黃包車」、「人力車」。

心，想一直走到西單牌樓再僱車回家。走下了正陽橋邊的步道，被一輛南行的汽車噴滿了一身灰土，我的決心，又動搖起來，含含糊糊的向道旁停著的一輛洋車問了一句，「嗳！四十枚拉巡捕廳兒胡同拉不拉？」那車夫竟恭恭敬敬的向我點了點頭說：

「坐上罷，先生！」

坐上了車，被他向北的拉去，那麼大的風沙，竟打不上我的臉來，我知道那時候起的是南風了。我不坐洋車則已，若坐洋車的時候，總愛和洋車夫談閒話，想以我的言語來緩和他的勞動之苦；因爲平時我們走路，若有一個朋友和我們閒談著走，覺得不費力些。我從自己的這種經驗著想，老是在實行淺薄的社會主義，一邊高踞在車上，一邊向前面和牛馬一樣在奔走的我的同胞攀談些無頭無尾的話。這一天，我本來不想開口的，但看看他的彎曲的背脊，聽聽他嘿嘿的急喘，終覺得心裡難受，所以輕輕的對他說：

「我倒不忙，你慢慢的走罷，你是哪兒的車？」

「我是巡捕廳胡同西口兒的車。」

「你在哪裡住家啊？」

「就在那南順城街的北口，巡捕廳胡同的拐角兒上。」

「老天爺不知怎麼的，每天刮這麼大的風。」

「是啊！我們拉車的也苦，你們坐車的老爺們也不快活，這樣的大風天氣，眞眞是招怪啊！」

這樣的一路講，一路被他拉到我寄住的寓舍門口的時候，天色已經快黑了。下車之後，我數銅子給他，他卻和我說起客氣話來，他一邊拿出了一條黑黝黝的手巾來擦頭上身上的汗，一邊笑著說：

「您帶著罷，我們是街坊，還拿錢麼？」

被他這樣的一說，我倒覺得難爲情了，所以雖只應該給他四十枚銅子的，而到這時候卻不得不把盡我所有的四十八枚銅子都給了他。他道了謝，拉著空車在灰黑的道上向西邊他的家裡走去，我呆呆的目送了他一程，心裡卻在空想他的家庭。——他走回家去，他的女人必定遠遠的聞聲就跑出來接他。把車斗裡的銅子拿出，將車交還了車行，他回到自己屋裡來打一盆水洗洗手臉，吸幾口菸，就可在洋燈下和他的妻子享受很健康的夜膳。若他有興致，大約還要喝一二個銅子的白乾。喝了微醉，講些東西南北的廢話，他就可以抱了他的女人小孩，鑽進被去酣睡。這種酣睡，大約是他們勞動階級的唯一的享樂。

「啊啊！……」

空想到了此地，我的傷感病又發了。

「啊啊！可憐我兩年來沒有睡過一個整整的全夜！這倒還可以說是因病所致，但是我的遠隔在三千里外的女人小孩，又爲了什麼，不能和我在一處享樂吃苦呢？難道我們是應該永遠隔離的麼！難道這也是病麼？……總之是我不好，是我沒有能力養活妻子。啊啊，你這車夫，你這向我道謝，被我憐憫的車夫，我不如你啊，我不如你！」

我在門口灰暗的空氣裡呆呆的立了一會，忽而想起了自家的身世，就不知不覺的心酸起來，紅潤的眼睛，被我所依賴的主人看見，是不大好的，因此我就復從門口走了下來，遠遠的跟那洋車走了一段。跟它轉了彎，看那車夫進了胡同拐角上的一間破舊的矮屋，我又走上平則門大街去跑了一程，等天黑了，才走回家來吃晚飯。

自從這一回後，我和他的洋車，竟有了緣分，接連的坐了它好幾次。他和我也漸漸的熟起來了。

中篇

平則門外，有一道城河。河道雖比不上朝陽門外的運河那麼寬，但春秋雨霽②，綠水粼粼，也盡可以浮著錦帆，乘風南下。兩岸的垂楊古道，倒影入河水中間，也大有板渚隋堤的風味。河邊隙地，長成一片綠蕪，晚來時候，老有閒人在那裡調鷹放馬。太陽將落未落之際，站在這城河中間的渡船上，往北望去，看得出西直門的城樓，似煙似霧的，溶化成金碧的顏色，飄颺在兩岸垂楊夾著的河水高頭。春秋佳日，向晚的時候，你若一個人上城河邊上來走走，好像是在看後期印象派的風景畫，幾乎能使你忘記是身在紅塵十丈的北京城外。西山數不盡的諸峰，又如笑如眠，帶著紫蒼的暮

2霽讀做季，指雨後轉晴。

色，靜躺在綠蔭起伏的春野西邊；你若叫它一聲，好像是這些遠山，都能慢慢的走上你身邊來的樣子。西直門外有幾處養鵝鴨的莊園，所以每天午後，城河裡老有一對一對的白鵝在那裡游泳。夕陽最後的殘照，從楊柳蔭中透出一兩條光線來，射在這些浮動的白鵝背上時，愈能顯得這幅風景的活潑鮮靈，別饒風致。

我一個人渺焉一身，寄住在人海的皇城裡，衷心鬱鬱，老感著無聊。無聊之極，不是從城的西北跑往城南，上戲園茶樓，娼寮酒館，去夾在許多快樂的同類中間，忘卻我自家的存在，和他們一樣的學習醉生夢死，便獨自一個跑出平則門外，去享受這本地的風光。玉泉山的幽靜，大覺寺的深邃，並不是對我沒有魔力，不過一年有三百五十九日窮的我，斷沒有餘錢，去領略它們的高尚的清景。五月中旬的有一天午後，我又無端感著了一種悲憤，本想上城南的快樂地方，去尋些安慰的，但袋裡連幾個車錢也沒有了，所以只好走出平則門外，坐在楊柳蔭中，盡量呼吸呼吸西山的爽氣。

我守著西天的顏色，從濃藍變成了淡紫，一忽兒，天的四周圍又染得深紅了，遠遠的法國教會堂的屋頂和許多綠樹梢頭，剎那間返射了一陣赤赭的殘光，又一忽兒空氣就變得澄蒼靜肅，視野內招喚我注意的物體，什麼也沒有了。四周的物影，漸漸散亂起來，我也感著了一種日暮的悲哀，無意識地滴了幾滴眼淚，就慢慢的眞是非常緩慢，好像在夢裡遊行似的，走回家來。進平則門往南一拐，就是南順城街，南順城街路東的第一條胡同便是巡捕廳胡同。我走到胡同的西口，正要進胡同的時候，忽而從角上的一間破屋裡漏出幾聲大聲來。這聲音我覺得熟得很，稍微用了一點心力，回想了一想，我馬上就記起那個身材瘦長，臉色黝黑，常拉我上城南去的車夫來。

我站住靜聽了一會，聽得他好像在跟人拌嘴。我坐過他許多次數的車，他的脾氣是很好的，所以聽到他在和人拌嘴，心裡倒很覺得奇怪。看他的樣子，好像有五十多歲的光景，但他自己說今年只有四十二歲。他平常非常沉默寡言，不過你和他說話的時候，他卻總來回答你一句兩句。他身材本來很高，但是不曉是因爲社會的壓迫呢，還是因爲他天生的病症，背脊卻是彎的，看去好像不十分高。他臉上浮著一種謹愼的勞動者特有的表情，我怎麼也形容不出來，他好像是在默想他的被社會虐待的存在是應該的樣子，又好像在這沉默的忍苦中間，在表示他的無限的反抗，和不斷的掙扎的樣子。

總之，他那一種沉默忍受的態度，使人家見了便能生出無限的感慨來。況且是和他社會的地位相去無幾，而受的虐待又比他更甚的我，平常坐他的車，和他談話的時候，總要感著一種抑鬱不平的氣，橫上心來；而這種憂鬱不平之氣，他也無處去發洩，我也無處去發洩，只好默默的悶受著，即使悶受不過，最多亦只能向天長嘯一聲。

有一天我在前門外喝醉了酒，往一家相識的人家去和衣睡了半夜，醒來的時候，已經是下弦月上升的時刻了。我從韓家潭僱車僱到西單牌樓，在西單牌樓換車的時候，又遇見了他。半夜酒醒，從灰白死寂，除了一乘兩乘汽車飛過攪起一陣灰來，此外別無動靜的長街上，慢慢被拖回家來。這種悲哀的情調，已盡夠我消受的了，況又遇著了他，一路上聽了他許多不堪再聽的話……他說這個年頭兒眞教人生存不得。他說洋車價漲了一個兩個銅子，而煤米油鹽，都要各漲一倍。他說洋車出租的東家，眞會挑剔，一根骨子彎了一點，一個小釘不見了，就要賠許多錢。他說他一天到晚拉車，拉來的幾個錢還不夠供洋車租客的攬搾，皮帶破了，弓子[3]彎了的時候，更不必說了。他說他的女人不會治家，老要白花錢。他說他的大小孩今年八歲，二小孩今年

3 指車弓，人力車上有彈力的弓狀構造。

三歲了。……我默默的坐在車上，看看天上慘淡的星月，經過了幾條灰黑靜寂的狹巷，細聽著他的一條條的訴說，覺得這些苦楚，都不是他一個人的苦楚。我眞想跳下車來，同他抱頭痛哭一場，但是我著在身上的一件竹布長衫，和盤在腦裡的一堆教育的繩矩，把我的眞率的情感縛住了。自從那一晚以後，我心裡就存了一種怕與他相見的思想，所以和他不見了半個多月。

這一天日暮，我自平則門走回家來，聽了他在和人吵鬧的聲音，心裡竟起了一種自責的心思，好像是不應該躲避開這個可憐的朋友，至半月之久的樣子。我靜聽了一忽，才知道他吵鬧的對手，是他的女人。一時心情被他的悲慘的聲音所挑動，我竟不待回思，一腳就踏進了他住的那所破屋。

他的住層，只有一間小屋，小屋的一半，卻被一個大炕佔據了去。在外邊天色雖還沒有十分暗黑，但在他那矮小的屋內，卻早已黑影沉沉，辨不出物體來了。他一手插在腰裡，一手指著炕上縮成一堆，坐在那裡的一個婦人，一聲兩聲的在那裡數罵。兩個小孩爬在炕的裡邊。我一進去時，只見他自家一個站著的背影，他的女人和小孩都看不出來。後來招呼了他，向他手指著的地方看去，才看出了一個女人，又站了一忽，我的眼睛在黑暗裡經慣④了，重複看出了他的兩個小孩。我進去叫了他一聲，問他爲什麼要這樣的動氣，他就把手一指，指著炕沿上的那女人說：

「這臭東西把我辛苦積下來的三塊多錢，一下子就花完了。去買了這些捆屍體的布來。……」說著他用腳一踢，地上果然滾了一包白色的布出來。他一邊向我問了些寒暄話，一邊就蹙緊了眉頭說：

「我的心思，她們一點兒也不曉得，我要積這幾塊錢幹什麼？我不過想自家去買一輛舊車來拉，可以免掉那車行的租錢呀！天氣熱了，我們窮人，就是光著脊肋兒，也有什麼要緊？她卻要去買這些白洋布來做衣服。你說可氣不可氣啊？」

我聽了這一段話，心裡雖則也爲他難受，但口上只好安慰他說：

「做衣服倒也是要緊的，積幾個錢，是很容易的事情，你但須忍耐著，三四塊錢是不難再積起來的。」

我說完了話，忽而在沉沉的靜寂中，從炕沿上聽出了幾聲暗泣的聲音來。這時候

---

4 習以為常，習慣了。

我若袋裡有錢，一定要全部拿出來給他，請他息怒。但是我身邊一摸，卻摸不著一個銅銀的貨幣。呆呆的站著，心裡打算了一會，我覺得終究沒有方法好想。正在著惱的時候，我裡邊小褂袋裡唧唧響著的一個銀錶的針步聲，忽而敲擊了我的耳膜。我知道若在此時，當面把這銀錶拿出來給他，他是一定不肯受的。遲疑了一會，我想出了一個主意，乘他不注意的時候，悄悄的把錶拿了出來；和他講著些慰勸他的話，一邊我走上前去了一步，順手把錶擱在一張半破的桌上。隨後又和他交換了幾句言語，我就走出來了。我出到了門外，走進胡同，心裡感得的一種沉悶，比午後上城外去的時候更甚了。我只恨我自家太無能力，太沒有勇氣。我仰天看看，在深沉的天空裡，只看出了幾顆星來。

第二天的早晨，我剛起床，正在那裡刷牙漱口的時候，聽到門外有人打門。出去一看，就看見他拉著車站在門口。他問了我一聲好，手向車斗裡一摸，就把那個手錶拿出來，問我說：

「先生，這是你的罷？你昨晚上掉下來的罷？」

我聽了臉上紅了一紅。馬上就說：

「這不是我的，我並沒有掉錶。」

他連說了幾聲奇怪，把那錶的來歷說了一陣，見我堅不肯認，就也沒有方法，收起了錶，慢慢的拉著空車向東走了。

下篇

夏至以後，北京接連下了半個多月的雨。我因爲有一天晚上，沒有蓋被睡覺，惹了一場很重的病，直到了二禮拜前才得起床。起床後第三天的午後，我看看久雨新霽，天氣很好，就拿了一根手杖踏出門去。因爲這是病後第一次的出門，所以出了門就走往西邊，依舊想到我平時所愛的平則門外的河邊去閒行。走過那胡同角上的破屋的時候，我只看見門口立了一群人，在那裡看熱鬧。屋內有人在低聲啜泣。我以爲那拉車的又在和他的女人吵鬧了，所以也就走了過去，去看熱鬧，一邊我心裡卻暗暗的想著：

「今天若他們再因金錢而爭吵，我卻可以解決他們的問題。」

因爲那時候我家裡寄出來爲我作醫藥費的錢還沒用完，皮包裡還有幾張五塊錢的鈔票收藏著哩。我踏進前去一看，破屋裡並沒有拉車的影子，只有他的女人坐在炕沿上哭，一個小一點的小孩，坐在地上他母親的腳跟前，也在陪著她哭。看了一會，我終摸不著頭腦，不曉得她爲什麼要哭。和我一塊兒站著的人，有的唧唧的在那裡嘆息，有的也拿出手巾來在擦眼淚說：「可憐哪，可憐哪！」我向一個立在我旁邊的中年婦人問了一番，才知道她的男人，前幾天在南下窪的大水裡淹死了。死了之後，她還不曉得，直到第二天的傍晚，由拉車的同伴認出了他的相貌，才跑回來告訴她。

她和她的兩個兒子，得了此信，冒雨走上南橫街南邊的屍場去一看，就大哭了一陣。後來她自己也跳在附近的一個水池裡自盡過一次，經她兒子的呼救，附近的居民，費了許多氣力，才把她撈救上來。過了一天，由那地方的慈善家，出了錢把她的男人埋葬完畢，且給了她三十斤麵票，八十吊銅子，方送她回來。回來之後，她白天晚上只是哭，已經哭了好幾天了。我聽了這一番消息，看了這場光景，心裡只是難受。同一兩個月前頭，半夜從前門回來，坐在她男人的車上，聽他的訴說時一樣，覺得這些光景，絕不是她一個人的。我突然想起了我的可憐的女人，又想起了我的和那在地上哭的小孩一樣大的兒女，也覺得眼睛裡熱起來癢起來了。我心裡正在難受，忽而從人叢裡擠來了一個八九歲的小孩赤足袒胸的跑了進來。他小手裡拿了幾個銅子躡手躡腳的對她說：

「媽，你瞧，這是人家給我的。」

看熱鬧的人，看了他那小臉上的嚴肅的表情，和他那小手的滑稽的樣子，有幾個笑著走了，只有兩個以手巾擦著眼淚的老婦人，還站在那裡。我看看周圍的人數少了，就也踏了進去問她說：

「你還認得我麼？」

她舉起腫紅的眼睛來，對我看了一眼，點了一點頭，仍復伏倒頭去在哀哀的哭著。我想叫她不哭，但是看看她的情形，覺得是不可能的，所以只好默默的站著，眼睛看見她的瘦削的雙肩一起一縮的在抽動。我這樣的靜立了三、五分鐘，門外又忽而擠了許多人攏來看我。我覺得被他們看得不耐煩了，就走出了一步對他們說：

「你們看什麼熱鬧？人家死了人在這裡哭，你們有什麼好看？」

那八歲的孩子，看我心裡發了惱，就走上門口，把一扇破門關上了。喀丹一響，屋裡忽而暗了起來，他的哭著的母親，好像也爲這變化所驚動，一時止住哭聲，擎起眼來看她的孩子和離門不遠呆立著的我。我乘此機會，就勸她說：

「看養孩子要緊，你老是哭也不是道理，我若可以幫你的忙，我總沒有不爲你出力的。」

她聽了這話，一邊啜泣，一邊斷斷續續的說：

「我……我……別的都不怪，我……只……只怪他何以死的那麼快。也……也不知他……他是自家沉河的呢，還是……」

她說了這一句又哭起來了，我沒有辦法，就從袋裡拿出了皮包，拿了一張五塊錢的鈔票遞給她說：

「這雖然不多，你拿著用罷！」

她聽了這話，又止住了哭，啜泣著對我說：

「我……我們……是不要錢用，只……只是他……他死得……死得太可憐了。……他……他活著的時候，老……老想自己買一輛車，但是……但是這心願兒終究沒有達到。……前天我，我到冥衣舖去定一輛紙糊的洋車，想燒給他，那一家掌櫃的要我六塊多錢，我沒有定下來。你……你老爺心好，請你，請你老爺去買一輛好……好的紙車來燒給他罷！」

說完她又哭了。我聽了這一段話，心裡愈覺得難受，呆呆的立了一忽，只好把剛才的那張鈔票收起，一邊對她說：「你別哭了罷！他是我的朋友，那紙糊的洋車，我明天一定去買了來，和你一塊去燒到他的墳前去。」

又對兩個小孩說了幾句話，我就打開門走了出來。我從來沒有辦過喪事，所以尋來尋去，總尋不出一家冥衣舖來定那紙糊的洋車。後來直到四牌樓附近，找定了一家，付了他錢，要他趕緊幫我糊一輛車。

二天之後，那紙洋車糊好了，恰巧天氣也不下雨，我早早吃了午飯，就僱了四輛洋車，同她及兩個小孩一道去上她男人的墳。車過順治門內大街的時候，因爲我前面的一乘人力車上只載著一輛紙糊的很美麗的洋車和兩包錠子，大街上來往的紅男綠女只是凝目的在看我和我後面車上的那個眼睛哭得紅腫，衣服襤褸的中年婦人。我被眾人的目光鞭撻不過，心裡起了一種不可抑遏的反抗和詛咒的毒念，只想放大了喉嚨向著那些紅男綠女和汽車中的貴人狠命的叫罵著說：

「豬狗！畜生！你們看什麼？我的朋友，這可憐的拉車者，是爲你們所逼死的呀！你們還看什麼？」

一九二八月十四日作於北京

出奔

一、避難

金華江曲折西來，衢江遊龍似地北下，兩條江水會合的洲邊，數千年來，就是一個閭閻撲地①，商賈雲屯的交通要市。居民約近萬家，桅檣終年林立，有水有山，並且還富於財源；雖只彈丸似的一區小市，但從軍事上，政治上說來，在一九二七年的前後，要取浙江，這蘭溪縣倒也是錢塘江上游不得不先奪取的第一軍事要港。

國民革命軍東出東江，傳檄而定福建，東路北伐先鋒隊將迫近一夫當關，萬夫莫敵的仙霞嶺下的時候，一九二六年的餘日剩已無多，在軍閥蹂躪下的東浙農民，也有點蠢蠢思動起來了。

1里巷遍地。形容房屋眾多，市集繁華。

每次社會發生變動的關頭，普遍流行在各地鄉村小市的事狀經過，大約總是一例的。最初是軍隊的過境，其次是不知出處的種種謠傳的流行，又其次是風信旗一樣的那些得風氣之先的富戶的遷徙。這些富戶的遷徙程序，小節雖或有點出入，但大致總也是刻板式的：省城及大都市的首富，遷往洋場②，小都市的次富，遷往省城或大都市，鄉下的土豪，自然也要遷往附近的小都市，去避一時的風雨。

當董玉林雇了一隻小船，將箱籠細軟裝滿了中艙，帶著他的已經有半頭白髮的老妻，和他所最愛，已經在省城進了一年師範學校的長女婉珍，及十三歲的末子大發，與養婢愛娥等悄悄離開土著③的董村，揚帆北去，上那兩江合流的蘭溪縣城去避難的時候，遲明的冬日，已經掛上了樹梢，滿地的濃霜，早在那裡放水晶似的閃光了。

船將離岸的一刻，董玉林以棉袍長袖擦著額上的急汗，還絮絮叨叨，向立在岸上送他們出發替他們留守的長工，囑咐了許多催款，索利，收取花息④的瑣事；他隨船

2 舊時稱租界地或洋人較多的都市。
3 土生土長。
4 利息。

擺動著身體，向東面看看朝陽，看看兩岸的自己所有的田地山場，只在惋惜，只在微嘆。等船行了好一段，已經看不見董村附近的樹林田地了之後，他方才默默的屈身爬入了艙裡。

董玉林家的財產，已經堆積了兩代了。他的父親董長子自太平軍裡逃回來的時候，大家都說他是發了一筆橫財來的；那時候非但董玉林還沒生，就是董玉林的母親，也還在鄰村的一家破落人家充作蓬頭赤足的使婢。蔓延十餘省，持續近二十年的洪楊戰爭⑤後的中國農村，元氣雖則喪了一點，但一則因人口不繁，二則因地方還富，恢復恢復，倒也並不十分艱難。

董長子以他一身十八歲的膂力，和數年刻苦的經營，當董玉林生下地來的那一年，已經在董村西頭蓋起了一座三開間的草屋，墾熟了附近三十多畝地的沙田⑥了。那時候況且田賦又輕，生活費用又少，終董長子的勤儉的一生之所積，除田地房屋等

5即太平天國之亂。
6江海邊的新耕地，多為含沙量較大的田地。

不動產不計外，董玉林於董長子死後，還襲受了床頭土下埋藏起來的一酒甕雪白的大花邊⑦。

董玉林的身體雖則沒有他父親那麼高，可是團團的一臉橫肉，四方的一個肩背，一雙同老鼠眼似的小眼睛，以及朝天的那個獅子鼻，和鼻下的一張大嘴，兩撇鼠鬚，看起來簡直是董長子的只低了半寸的活化身。他不但繼承了董長子的外貌，同時也繼承了董長子的鄙吝刻苦的習性。當他十九歲的時候，董長子於垂死之前，替他娶了離開董村將近百里地的上塘村那一位賢媳婦後，董長子在臨終的床上，口眼閉得緊緊貼貼，死臉上並且還呈露了一臉笑容；因爲這一位玉林媳婦的刮削刻薄的才能，雖則年紀輕輕，倒反遠出在老狡的公公之上。據村裡的傳說，說董長子的那一甕埋藏，先還不肯說出，直等斷氣之後，又爲此活轉來了一次，才輕輕地對他的媳婦說的。

董長子死後，董玉林夫婦的治世工作開始了；第一著，董玉林就減低了家裡那位

7過去所使用的銀票，為了預防假冒，在銀票邊緣上印有繪飾，如同衣服的邊緣繡有花樣，故稱為「大花邊」。

老長工的年俸，本來是每年制錢八千文的工資，減到了七千。沙地裡種植的農作物，除每年依舊的雜糧之外，更添上了些白菜和蘿蔔的野蔬；於是那一位長工，在交冬以後，便又加了一門挑擔上集市去賣野蔬的日課。

董玉林有一天上縣城去賣玉蜀黍回來，在西門外的舊貨舖裡忽而發見了一張還不十分破漏的舊網；他以極低廉的價格買了回來，加了一番補綴，每天晚上，就又可以上江邊去捕捉魚蝦了；所以在長工的野蔬擔頭，有時候便會有他老婆所養的雞子生下來的雞蛋和魚蝦之類混在一道。

照董村的習慣，農忙的夏日，每日需吃四次，較清閒的冬日，每日也要吃三次粥飯的；董長子死後，董玉林以節省為名，把夏日四次的飲食改成了三次，冬日的三餐縮成了兩次或兩次半；所謂半餐者，就是不動爐火，將剩下來的粥飯胡亂吃一點充飢的意思。

董長子死後的第二年，董村附近一帶於五月水災之餘，入秋又成了旱荒。村內外的居民賣兒鬻女，這一年的冬天，大家都過不來年。玉林夫婦外面雖也裝作愁眉苦眼，不能終日的樣子，但心裡卻在私私地打算，打算著如何的趁此機會，來最有效力地運用他們父親遺下來的那一甕私藏。

最初先由玉林嫂嘗試，拿了幾塊大洋，向尚有田產積下的人家去放年終的急款。言明兩月之後，本利加倍償還，若付不出現錢的時候，動用器具，土地使用權，小女兒的人身之類，都可以作抵，臨時估價定奪。經過了這一年放款的結果，董玉林夫婦又發現了一條很迅速的積財大道了；從此以後，不但是每年的年終，董玉林家門口成了近村農民的集會之所，就是當青黃不接，過五月節八月節的時候，也成了那批忠實老實家裡還有一點薄產的中小農的血肉的市場。因爲口乾喝鹽鹵，重利盤剝的惡毒，誰不曉得，但急難來時，沒有當舖，沒有信用小借款通融的鄉下的農民，除走這一條極路外，更還有什麼另外的法子？

猢猻手裡的果子，有時候也會漏縫，可是董家的高利放款，卻總是萬無一失，本利都撈得回來的。只須舉幾個小例出來，我們就可以見到董玉林夫婦討債放債的本領。原來董村西北角土地廟裡一向是住有一位六十來歲的老尼姑，平常老在村裡賣賣紙糊錠子之類，看去很像有一點積貯的樣子。她忽而傷了風病倒了，玉林嫂以爲這無根無蒂的老尼死後，一筆私藏，或可以想法子去橫領了來，所以閒下來的時候，就常上土地廟去看她的病，有時候也帶點一錢不値的禮物過去。後來這老尼的病愈來愈重了，同時村裡有幾位和她認識的吃素老婆婆，就勸她拿點私藏出來去抓幾劑藥服服，但她卻一口咬定沒有餘錢可以去求醫服藥。有一次正在爭執之際，恰巧玉林嫂也上庵裡看老尼姑的病了，聽了大家的話，玉林嫂竟毫不遲疑，從布裾袋裡掏出了兩塊錢來說：「老師父何必這樣的裝窮？你捨不得花錢，我先替你代墊了吧！」說著，就把這兩塊錢交給了一位吃素老婆婆去替老尼請醫買藥。大家於齊聲讚頌玉林嫂的大度之餘，就分頭去替老尼服務去了。

可是事不湊巧，老尼服了幾劑藥，又捱了半個多月之後，終於斷了氣死了。玉林嫂聽到了這個消息，就丟下了正在燒的飯鍋，一直的跑到了廟裡，先將老尼的屍身床邊搜索了好大半天，然後又在地下壁間破桌底裡，發掘了個到底，搜尋到了傍晚，眼見得老尼有私藏的風說是假的了，她就氣忿忿的守在廟裡，不肯走開。第二天早晨，村裡的有志者一角二角的捐集起了幾塊錢，買就了一具薄薄的棺材來收殮老尼的時候，玉林嫂乘眾人不備的當中，一把搶了棺材蓋子就走。眾人追上去問她是何道理，她就說老尼還欠她兩塊錢未還，這棺材蓋是要拿去抵帳的。於是再由群人集議，只好再是一角二角的湊集起來，合成了兩塊錢的小洋去向玉林嫂贖回這具棺材蓋子。但是收殮的時候，玉林嫂又來了，她說兩塊錢的利子還沒還，硬自將老尼身上的一件破棉襖剝去了充當半個月的利息，結果，老尼只穿了一件破舊的小衫，被葬入了地下。

還有一個小例，是下村阿德老頭的一齣悲喜劇。阿德老頭一生不曾結過婚；年輕的時候，只幫人種地看牛，賺幾個微細的工資，有時也曾上鄰村去當過長工。他半生節衣縮食，一共省下了二、三十塊來買了兩畝沙地，在董玉林的沙田之旁。現在年紀大了，做不動粗工了，所以只好在自己的沙地裡搭起了一架草舍，在那裡等待著死。因爲坐吃山空，幾個零錢吃完了，故而在那一年的八月半向董玉林去借了一塊大洋來過節。

到了這一年的年終，董玉林就上阿德的草舍裡去坐索欠款的本利，硬要阿德兩畝沙地寫賣給他，阿德於百般哀告之後，董玉林還是不肯答應，所以氣急起來，只好含著老淚奔向了江邊說：「玉林呀玉林，你這樣的逼我，我只好跳到江裡去尋死了！」董玉林拿起一枝竹竿，追將上來，拚命的向阿德後面一推，竟把這老頭擠入到了水裡。一邊更伸長了竹竿，一步一步的將阿德推往深處，一邊豎起眉毛，咬緊牙齒，又狠狠的說：「你這老不死，欠了我的錢不還，還要來尋死尋活麼？我索性送了你這條狗命！」末了，阿德倒也有點怕起來了，只好大聲哀求著說：「請你救救我的命吧！我寫給你就是，寫給你就是！」這一齣喜劇，轟動了遠近的村民都跑了過來旁看熱鬧。結果，董玉林只找出了十幾塊錢，便收買了阿德老頭的那兩畝想作喪葬本用的沙地。

董玉林夫婦對於放款積財既如此的精明辣手，而自奉也十分的儉約；譬如吃菸吧，本來就是一件不必要的奢侈。但兩人在長夜的油燈光下，當計算著他們的出入帳目時，手空不過，自然也要弄一枝菸管來咬咬。單吸菸葉，價目終於太貴，於是他們就想出了一個方法，將艾葉蓬蒿及其他的雜草之類，曬乾了和入在菸葉之內。火柴買一盒來之後，也必先施一番選擇，把桿子粗的火柴揀選出來，用刀劈作兩分三分，好使一盒火柴收作盒半或兩盒的效用。

董家的財產自然愈積愈多了，附近的沙田山地以及耕牛器具之類，半用強買半用欺壓的手段，收集得比董長子的時代增加到了三四倍的樣子。但是不能用金錢買，也不能用暴力得的兒子女兒，在他們結婚後七年之中，卻生一個死一個地死去了五個之多。同村同姓的閒人等，當冬天農事之暇，坐上香火爐前去烤榾柮⑧火，談東鄰西舍的閒天的時候，每嗤笑著說：「這一對鬼夫妻，吮吸了我們的血肉還不夠，連自己的骨肉都吮吸到肚裡去了；我們且張大著眼睛看吧！看他們那一分惡財，讓誰來享受！」

這一種田地被他們剝奪去了以後的村人的毒語，董玉林夫婦原也是常有得聽到；而兩夫婦在半夜裡於打算盤上流水帳上得疲倦的時候，也常常要突地沉默著回過頭來看看自家的影子，覺得身邊總還缺一點什麼。於是玉林嫂發心了，要想去拜拜菩薩，求求子嗣；董玉林也想到了，覺得只有菩薩可以使他們的心願滿足實現。

但是他們上遠處去燒香拜佛，也不是毫無打算地出去的。第一，總得先預備半年，積貯了許多本地的土貨，好教一船裝去，到有靈驗的廟宇所在地去賣。第二，船總僱的是回頭便船，價錢可以比旁人的賤到三分之二；並且殺到了這一個最低船價之後，有時候還要由他們自己去兜集幾個同行者來，再向這些同行者收集些搭船的船

8木柴塊，樹根疙瘩。可代炭用。

鈔。

所以別人家去燒香拜佛，總是去花一筆錢在佛門弟子身上的，獨有董玉林夫婦的燒香拜佛，卻往往要賺出一筆整款來，再去加增他們的放重利的資本。而他們的自奉的儉約，有時候也往往會施行到菩薩的頭上。譬如某大名剎的某某菩薩，要製一件繡袍的時候，這事情，總是由大善士董玉林夫婦去爲頭寫捐的回數多。假使一件繡袍要大洋五十元的話，他們總要去寫集起七十元的總款，才茲去作。而做繡袍的店裡，也對董大善士特別的肯將就，肯客氣，倘使別人去定，要五十元一件的繡袍，由董大善士去定，總可以讓到三十五元或竟至三十元左右。因爲董大善士市面很熟悉，價格都知道，這倒還不算稀奇，最取巧的，是董大善士能以半價去買外面是與原定上貨一樣好看的次貨來充材料，而材料的尺寸又要比原定的尺寸短小一點，雖然廟祝在替菩薩穿上身去的時候要多費一點力，但董大善士的旅費，飲食費，交際費，卻總可以包括在內了。

董大善士更因爲老發起這一種工程浩大的善舉之故，所以四鄉結識的富紳地主也特別的多。這些富紳地主，到了每年的冬天，拿出錢來施米施衣，米票錢票，總要交一大把給董大善士，託他們夫婦在就近的鄉間去酌量施散。故而每年冬天非但董玉林夫婦的近親戚屬，以及自家家裡的長工短工，都能受到董大善士的恩惠，就是董大善士養在家裡的豬羊雞犬，吃的也都是由米票向米店去換來的糠麋。至於棉衣呢，有時候也會鑽到他們夫婦的被裡去變了胎，有時候也會上他們自己僱的短工的人家去，變作了來年農忙時候的一工兩工的工資的預付。

最有名的董氏夫婦的一件善舉，是在那一年村裡有瘟疫之後的施材。董玉林向城裡的善堂領了一筆款來之後，就僱工動手作了十幾具棺木，寄放在董氏的家廟裡待施。木頭都是近村山上不費錢去砍來的松木，而棺材匠也是臨時充數，只吃飯不拿錢的鄰村的木匠。凡須用這一批棺木的人，多要出一點手續費，而棺木的受用者還有一個必須是矮子的條件，因爲這一批施材作得特別的短小，長一點的屍身放下去，要把雙腳折短來的緣故。

董玉林夫婦既積了財，又行了善，更敬了神，菩薩自然也不得不保佑他們了。所以自從他們現在的那位大小姐婉珍生下地來以後，竟一帆風順毫無病痛的被他們養大到了成人；其後過不上幾年，並且還添上了一位可以繼家傳後的兒子大發。

二、暴風雨時代

太陽升高了一段，將寒江兩岸的一幅冬晴水國圖，點染得分外的鮮明，分外的清瘦，顏色雖則已經不如晚秋似的紅潤了，但江南的冬景，在黃蒼裡，總仍舊帶些黛色的濃青。

尤其是那些蒼老的樹枝，有些圍繞著飛鳥，有些披堆著稻草，以晴空作了背景，在船窗裡時現時露地低昂著，使兩禮拜前才從杭州回來的婉珍忽而想起了這一次寒假回籍，曾在路上同行過一天一夜的那位在上海讀書的衢州大學生。

船行的緩慢，途上的無聊，幸虧在江頭輪船上遇著了這一位活潑健談的青年，終於使她在一日一夜之中認識了目前中國在帝國主義下奄奄待斃的現狀，和社會狀態必須經過一番大變革的理由。

婉珍也已經十八歲了，雖則這大學生所用的名詞還有許多不能了解，但他的熱情，他的射人的兩眼，和因說話過多而興奮的他那兩頰的潮紅，卻使婉珍感到了這位有希望有學問的青年的話，句句是眞的。在輪船上艙裡和他同吃了兩次飯，又同在東關的一家小旅館裡分居寄了一宵宿，第二天在蘭溪的埠頭，和他分手的時候，婉珍不曉怎麼的心裡卻感到了一種極淡的悲哀，彷彿是在曉風殘月的楊柳岸邊，離別了一位今生不能再見的長征的壯士。

回到了鄉里，見到了老父老母，和還不曾脫離頑皮習氣的弟弟，旅途上的這一片餘痕，早就被拂拭盡了；直到後來，聽到了那些風聲鶴唳的傳說，見到了舉室倉皇的不安狀態，當正在打算避難出發的前幾日，婉珍才又隱隱地想起了這位青年。

「要是他在我們左右的話，那些紀律毫無的北方軍隊，誰敢來動我們一動？社會的改革，現狀的打破，這些話眞是如何有力量的話！而上船下船，入旅舍時的他那一種殷勤扶助的態度，更是多麼足以令人起敬的舉動！」

當她整理箱籠，薈萃物件的當中，稍有一點空下來的時候，腦裡就會起這樣的轉念；現在到了這一條兩岸是江村水驛的路上，她這想頭，同溫舊書的人一樣想得更加確鑿有致了。到了最後，她還想到了一張在杭州照相館的櫥窗裡看見過的照片：一個青春少女，披了長紗，手裡捏著一束鮮花，站在一位風度翩翩，穿上西裝的少年的身旁。

董婉珍的相貌，在同班中也不算壞。臉部的輪廓，大致像她的爸爸董玉林，但董家世相的那一個朝天獅子鼻，卻和她母親玉林嫂的鷹嘴鼻調和了一下，因而婉珍的全面部就化成了一個很平穩的中人之相，不引人特別的注意，可也不討人的厭。

不過女孩子的年齡，終竟是美的判斷的第一要件；十八歲的血肉，裝上了這一副董家世襲的稍為長大的骨格，雖則皮色不甚細白，衣飾也只平常——是一件短襖，一條黑裙的學校制服——可那一種強壯少女特有的撩人之處，畢竟是不能掩沒的自然的巧製，也就是對異性的吸引力蒸發的洪爐。那一天午後，在斜陽裡，董家的這隻避難船到蘭溪西城外埠頭靠岸的時候，董婉珍的一身健美，就成了江邊亂昏昏的那些閒雜人等的注目的中心。

董玉林在縣城裡租下的，是西南一條小巷裡的一間很舊的樓屋。樓上三間，樓下三間，間數雖則不少，租金每月卻還不到十元；但由董玉林夫婦看來，這房租似乎已經是貴到了極頂了，故而草草住定之後，他們就在打算出租，將樓底下的三間招進一家出得起租金的中產階級家來分房同住。

幾天之內，一家一家，和他們一樣從近村逃避出來的人家，來看房屋的人，原也已經有過好幾次了，但都因爲董玉林夫婦的租價要太貴，不能定奪。在這中間，外面的風聲，卻一天緊似一天，市面幾乎成了中歇的狀態。終於在一天寒雲淒冷的晚上，前線的軍隊都退回來了，南城西城外的兩條水埠，全駐滿了雜七雜八，裝載軍隊人伕的兵船。

董玉林剛捧上吃夜飯的飯碗，忽聽見一陣喇叭聲從城外吹了過來，慌得他發著抖，連忙去關閉大門。這一晚他們五個人不敢上樓去宿，只在樓下的地板上鋪上臨時的地舖，提心吊膽地過了一夜。隔天早晨，使婢愛娥，悄悄開了後門，打算上橫街的那家豆腐店去買一點豆腐來助餐的，出去了好半天，終於青著臉仍復拿著空碗跑回來了；後門一閂上，她也發著抖，拉著玉林嫂，低低的在耳邊說：

「外面不得了了，昨晚在西門外南門外都發生了姦搶的事情。街上要拉伕，船埠頭要封船；長街上沒有一個行人，也沒有一家開門的店家。豆腐店的老頭，在排門小窗裡看見了我，就馬上叫我進去，說——你這姑娘，眞好大的膽子！——接著就告訴了我一大篇的駭殺人的話，說在蘭溪也要打仗呢！」

董玉林一家五口，有一頓沒一頓的餓著肚皮，在地舖上捱躺了兩日三夜，忽聽見門外頭有起腳步聲來了。午前十點鐘的光景，於聽見了一陣爆竹聲後，並且還來了一個人敲著門，叫說：

「開開門來吧！孫傳芳的土匪軍已經趕走了，國民革命軍今天早晨進了城，我們要上大雲山下去開市民大會，歡迎他們。」

董玉林開了半邊門，探頭出去看了一眼，看見那位說話的，是一位本地的青年，手裡拿了一面青天白日滿地紅的旗子，青灰的短衣服上，還吊上了一兩根皮帶。他看出了董玉林的發抖驚駭的弱點，就又站住了腳，將革命軍是百姓的軍隊，絕不會擾亂百姓的事情，又仔細說了一遍。

在說的中間，婉珍阿發都走出來了，立上了他們父親的背後。婉珍聽了這青年的一大串話後，馬上就想起了那位同船的大學生，「原來他們的話，都是一樣的！」這位青年，說了一陣之後，又上鄰家去敲門勸告去了。直到後來，他們才茲曉得，他就是本城西區的一位負責宣傳員。

革命高潮時的緊張生活開始了，蘭溪縣裡同樣地成立了黨部，改變了上下的組織，舉發了許多土劣的惡行，沒收了不少的逆產。董婉珍在一次革命軍士慰勞遊藝會的會場裡，眞出乎她的意料之外，忽然遇見了一位本地出身的杭州學校裡她同班的同學。這一位同學，在學校的時候，本來就以演說擅長著名的，現在居然在本城的黨部所屬的婦女協會裡做了執行委員了。

她們倆匆匆立談了一會，各問了地址，那位女同志就忙著去照料會場的事務去了；那一天晚上，董婉珍回到了家裡，就將這一件事情告訴了她的父母，末了還加一句說：

「她在很懇切地勸我入黨，要我也上婦女協會或黨部去服務去。」

董玉林自黨軍入城之後，看了許多紅綠的標語，聽了幾次黨人的演說，又目擊了許多當地的豪富的被囚被罰，心裡早就有點在恨也有點在怕，怕這一隻革命黨的鐵手，要抓到他自己的頭上來；現在聽到了自己的愛女的這一句入黨的話，心裡頭自然就湧起了一股無名的怒火。

「你也要去作革命黨去了麼？哼，人家的錢財，又不是偷來搶來的，那些沒出息的小子，眞是胡鬧，什麼叫作逆產？什麼叫作沒收？他們才是敲竹槓的人！」

董玉林對婉珍，一向是不露一臉怒容，不說一句重話的，並且自從她上省城去進了學校以來，更加是加重了對她的敬愛之心了。這一晚在燈下竟高聲罵出了這幾句話來，駭得他的老妻，一時也沒有了主意。三人靜對著沉默了好一晌，聰明刻薄的玉林嫂，才想出了一串緩衝的勸慰之語：

「時勢是不同了，城裡頭變得如此，我們鄉下，也難保得不就有什麼事情發生。讓婉珍到她的朋友那裡去走走，多認識幾個人，也是一件好事，你也不必發急，只須叫她自己謹慎一點就對了。」

她究竟是董玉林的共艱苦的妻子，話一涉及到了利害，董玉林仔細一想，覺得她的意見倒也不錯。這一場家庭裡的小小的風波，總算也很順當地就此結了局。

三、混沌

董婉珍終於進了黨，上縣黨部的宣傳股裡去服務去了，促成她的這急速的入黨的理由，是董村農民協會的一個決議案。他們要沒收董玉林家全部的財產，禁止他們一家的重行⑨回到村裡來盤剝。地方農民協會的決議案，是要經過縣黨部的批准才能執行的，董玉林一聽到了這一個消息，馬上就催促他自己的女兒，去向縣黨部裡活動，結果，在這決議案還沒有呈上來之先，董婉珍就作了縣黨部宣傳股的女股員。

宣傳股股長錢時英，正滿二十五歲，是從廣州跟黨軍出發，特別留在這軍事初定的蘭溪縣裡，指導黨務的一位幹練的黨員；故鄉是湖南，生長在安徽，是蕪湖一個師範學校的畢業生，二年前就去廣東投效，係黨政訓練所第一批受滿訓練出來的老同志。

他的身材並不高大，但是一身結實的骨肉，使看他一眼的人，能感受到一種堅實，穩固，沉靜的印象，和對於一塊安固的磐石所受的印象一樣。臉形本來是長方的，但因爲肉長得很豐富，所以略帶一點圓形。近視眼鏡後的一雙細眼，黑瞳仁雖則不大，但經他盯住了看一眼後，彷彿人的心肝也能被透視得出來的樣子。他說話平常是少說的，可是到了緊要的關頭，總是一語可以破的，什麼天大的問題，也很容易地

9重新開始。

爲他輕輕地道破，解決，處置得妥妥服服。他的笑容，雖則常常使人看見，可是他的笑臉，卻與一般人的詐笑不同，眞像是心花怒放時的微笑，能夠使四周圍的黑暗，一時都變爲光明。

董婉珍在他對面的一張桌上辦公，初進去的時候，心裡每有點膽小，見了他簡直是要頭昏腦脹，連坐立都有點不安。可是後來在擬寫標語，抄錄案件上犯了幾次很可笑的錯誤，經他微笑著訂正之後，她覺得這一位被同志們敬畏得像神道⑩似的股長，卻也是很容易親近的人物。

這一年江南的冬天，特別的和暖，入春以後，反下了一次並不小的春雪。在下雪的這一天午後，是星期六，錢股長於五點鐘去出席了全縣代表大會回來的時候，臉上顯然的露出了一臉猶豫的神情。他將皮篋⑪拿起放下了好幾次，又側目向婉珍看了幾眼，彷彿有什麼要緊的話要對她說的樣子，但後來終於看看手錶，拿起皮篋來走了。

10 神祇。
11 皮箱。

走到了門口，重新又回了轉來，微笑著對婉珍說：

「董同志，明天星期日放假，你可不可以和我一起上橫山去看雪景？中午要在縣政府裡聚餐，大約到三點鐘左右，請你上西城外船埠頭去等我。」

婉珍漲紅了臉，低下了頭，只輕輕答應了一聲；忽而眼睛又放著異樣的光，微笑著，舉起頭來，對錢時英瞥了一眼。錢時英的目光和她的遇著的時候，倒是他驚異起來了，馬上收了笑容，作了一種疑問的樣子，遲疑了一二秒鐘，他就下了決心，走出了辦公室。這時候辦公室裡的同事們已經走得空空，天色也黑沉沉的暗下去了，只剩一段雪片的餘光，在那裡照耀著婉珍的微紅的雙頰，和水汪汪的兩眼。

董婉珍於走回家來的路上，心臟跳突得厲害；一面想著錢時英的那一種堅實老練的風度，一面又回味著剛才的那一臉微笑和明日的約會，她在路上幾乎有點忍耐不住，想叫出來告訴大家的樣子。果然，這樣茫然地想著走著，她把回家去的路線都走錯了，該向西的轉彎角頭，她卻走向了東。從這一條狹巷，一直向東走去，是可以走上黨部辦事人員的共同宿舍裡去的，錢時英的宿所，就在那裡。她想索性將錯就錯，馬上就上宿舍去找錢時英出來，到什麼地方去過它一晚，豈不要比捱等到明天，倒還好些。但又不對，住在那裡的人是很多的，萬一被人家知道了，豈不使錢時英為難，想到了這裡，飛上她臉來的雪片，帶起刺激性來了，涼陰陰的一陣逆風，和幾點冰冷的雪水，使她的思想又恢復了常軌，將身體一轉，她才走上了回家去的正路。

漫漫的一夜，和遲遲的半天，董婉珍守候在家裡眞覺得如初入監獄的囚犯。翻來覆去，在床上亂想了一個通宵，天有點微明的時候，她就披上衣服，從被裡坐了起來。但從窗隙裡漏進來的亮光，還不是天明的曙色，卻是積雪的清輝。她睡也再睡不著了，索性穿好衣服，走下床來拈旺了燈，她想下樓去梳洗頭面，可是愛娥還沒起床，水是冰凍著的，沒有法子，她只好順手向書架上抽了一本書，亂翻著頁數，心裡定下第幾行和第幾字的數目來測驗運氣。先翻了四次，是「恆」「也」「有」「終」的四個字，猜詳了半天，她可終於猜不出這四個字的意思，但樓底下卻有起動靜來了，當然是愛娥在那裡燒水煮早餐。接著又翻了三次，得到了「則」「利」「之」的三個字，她心裡才寬了起來，因為有一個「利」字在那裡，至少今天的事情，總是吉的。

下樓去洗了手臉，將頭梳了一梳，早餐吃後，婦女協會的那位同學跑來看她了，她心裡一樂，喜歡得像得了新玩具的小孩。因爲她的入黨，她的去宣傳股服務，都是由這位女同學介紹的。昨天股長既和她有了密約，今天這位原介紹人又來看她，中間一定是有些因果在那裡的。她款待著她，瀝盡了自己所有的好意。不過從這一位女同學的行動上，言語上看來，似乎總是心中夾著了一件事情，要想說又有點說不出來的樣子。她愈猜愈覺得有吻合的意思了，因而也老阻止住她，不使她說出，打算於下午去同錢股長密會之後，再教她來向父母正式的提議談判。終於坐了一個多鐘頭，這位女同學告辭走了。她的心裡，又添了一層盼望著下午三點鐘早點到來的急意。

催促著愛娥提早時間燒了午飯，飯後又換衣服，照鏡子地修飾了一陣，兩點鐘還沒敲，她就穿上了那件新作的灰色長袍，走上了西城外的碼頭。天放晴了，道路上雖則泥濘沒膝，但那一彎天蓋，卻直藍得迷人。先在江邊如醉如痴的往返走了二三十分鐘，向一位來兜生意的老船夫說好了上橫山去的船價，她就走下了船，打算坐在船裡去等錢股長的到來。但心裡終覺得放心不下，生怕他到了江邊，又要找她不到，於是手又撩起長袍，踏上了岸，像這樣的在泥濘道上的太陽光裡上上落落，來來去去，更捱了半個多鐘頭，正交三點鐘的光景，她老遠就看見錢時英微笑著來了；今天他和往日不同，穿的卻是一件黑呢棉袍。從這非制服的服色上一看，她又感到了滿心的喜悅，猜測了他今天的所以要不穿制服的深意。

兩人下船之後，錢時英盡是默默地含著微笑，在看兩岸斜陽裡的雪景。董婉珍滿張著希望的雙眼，在一眼一眼地貪看他的那一種瀟灑的態度。船到了中流，錢時英把眼睛一轉，視線和她的交叉了，他立時就變成了一種鄭重的臉色，眼睛盯視著她，呆了一呆，他先叫了一聲「董同志！」婉珍雙頰一紅，滿身就呈露出了羞媚，彷彿是感觸到了電氣。同時她自己也覺著心在亂跳，肌肉在微微的抖動。他叫一聲之後，又囁嚅著，慢慢地說：

「董同志！我們從事，從事革命的人，做這些事情，本來，本來是不應該的……」

聽了他這一句話，她的羞媚之態，顯露得更加濃厚了，眼睛裡充滿了水潤的晶光，氣也急喘得像一個重負下的苦力，嘴唇微微地顫動著，一層緊張的氣勢，使她全身更抖得厲害。

「不過，這，這一件事情，究竟叫我怎麼辦哩？昨天，昨天的全縣代表大會裡，董村的代表，將一件決議案提出了，本來我還不曉得是關於你們的事情，後來經大會派給了我去審查，呈文裡也有你的名字，你父親的許多霸占，強奪，高利放款，借公濟私的劣跡說得確確實實，並且還指出了你們父女的匿居縣城，蒙混黨部的事實。我，我因爲在辦公室裡，不好來同你說，所以今天特爲約你出來，想和你來談一談。」

董婉珍於情緒緊張到了極頂之際，忽而受到了這一個打擊，一種極大的失望和極切的悲哀，使她失去了理性，失去了意志，不等錢時英的那篇話說完，就同冰山倒了似的將身體倒到了錢時英的懷裡，不顧羞恥，不能自制，只嗚嗚地抽咽著大哭了起來。

錢時英究竟也是一個血管裡有熱血在流的青年男子，身觸著了這一堆溫軟的肉體，又目擊著她這一種絕望的悲傷，憐憫與欲情，混合成了一處，終於使他的冷靜的頭腦，也把平衡失去了；兩手緊抱住了她的上半身，含糊地說著：「你不要這樣子，你不要這樣子！」不知不覺竟漸漸把自己的頭低了下去，貼上了她的火熱的臉。到了兩人互相抱著，嘴唇與嘴唇吸合了一次之後，錢時英才同受了雷震似的醒了轉來，一種冷冰冰的後悔，和自責之念，使他跳立了起來，滿含著盛怒與怨恨，唉的長嘆了一聲，反同木雞似的呆住了。本來他的約她出來，完全是爲了公事，絲毫也沒有邪念的；他想先叫她自己辭了職，然後再溫和地將她父親的田產發還一部分給原來的所有人。這事情，他昨天也已經同她的那位介紹人說過了，想叫她的那位同學，先勸慰她一下，叫她不要因此而失望，工作可以慢慢地再找過的，而他的這些深謀遠慮，這腔體恤之情，現在卻只變成了一種污濁的私情了。以事情的結果來評斷，等於他是乘人之危，因而強佔了他人的妻女。這在平常的道義上，尚且說不過去，何況是身膺革命重任的黨員呢？但是事情已經作錯了，繫鈴解鈴，責任終須自己去負的，一不做，二不休，索性還是和她結合了之後，慢慢的再圖補救吧！錢時英想到了這裡，一時眼前也覺得看到了一條黯淡的光明。他再將一隻手搭上了她的還在伏著的肩背，柔和地叫她坐起來掠一掠頭髮，整一整衣服的時候，船卻已經到橫山的腳下，她的淚臉上早就泛映著一層媚笑了。

四、寒潮

大雪後的橫山一角，比平常更添了許多的嫵媚。船靠岸這面沿江的那條小徑，雪已經融化了大半了，但在道旁的隙地上，泥壁茅簷的草舍上，枯樹枝上，都還鋪蓋著一陣殘雪的晶皮。太陽打了斜，東首變成了山陰，半江江水，壓印得紫裡帶黑，活像是水墨畫成的中國畫幅。錢時英攙扶著董婉珍，爬上了橫山廟的石級，向蘭溪市上的人家縱眺了一回，兩人胸中各感到了一種不同的喜悅。

半城煙戶⑫，參差的屋瓦上，都還留有著幾分未化的春雪；而環繞在這些市廛⑬船隻的高頭，渺渺茫茫，照得人頭腦一清的，卻是那一弓藍得同靛草花似的蒼穹；更還有高戴著白帽的遠近諸山，與突立在山嶺水畔的那兩枝高塔，和回流在蘭溪縣城東西南三面的江水湊合在一道，很明晰地點出了這幅再豐華也沒有的江南的雪景。

12住家。舊時清查各族人口，每年報於户部，稱為「煙户」。

13市中的商店。亦指商店雲集之地。

在董婉珍方面呢，覺得這一天大雪，是她得和錢股長結合的媒介；漫天匝地的白色，便是預示著他們能夠白頭到老的好兆頭。父母的急難，自己的將來，現在的地位，都因錢時英的這一次俯首而解決了。在錢時英的一面呢，以爲這發育健全的董婉珍，實在有點可憐，身體是那麼結實，普通知識也相當具備的，所缺乏的，就是沒有訓練，只須有一個人能夠好好的指導她，扶助她，那這一種女青年，正是革命前途所需要的人才。而在這一種正心誠意的思想的陰面⑭，他的枯燥的宿舍生活，他的二十五歲的男性的渴求，當然也在那裡發生牽引。

眼前是這樣的一片大自然的煙景⑮，身旁又是那麼純潔熱烈的一顆少女求愛的心，錢時英看看周圍，看看董婉珍的那一種完全只顧目前的快樂，並無半點將來的憂慮的幼稚狀態，自然把剛才船裡所感到的那層懊恨之情，一筆勾了。

兩人憑著石欄，向蘭溪市上，這裡那裡的指點了一陣，忽而將目光一轉，變成了

14 背面。
15 美景。

一個對看的局勢。董婉珍羞紅了臉，雖在笑著側轉了頭，但眼睛斜處，片刻不離的，仍是對錢時英的全身的打量，和他的面部的諦視⑯。錢時英只微笑著默默地在細看她的上下，彷彿她和他還是初次見面的樣子。第二次四目遇合的時候，錢時英覺得非說話不可了，就笑著問她：

「你還有勇氣再爬上山頂上去麼？」

「你若要去，我便什麼地方也跟了你去。」

「好吧，讓我們來比比腳力看。」

先上廟裡向守廟的一位老道問明了上蘭陰寺去的路徑，他們就從側面的一條斜坡山路走上了山。斜坡上的雪，經午前的太陽一曬，差不多融化淨了，但看去似乎不大黏濕的黃泥窄路，走起來卻眞不容易。董婉珍經過了兩次滑跌，隨後終於將彈簧似的身體，靠上了錢時英的懷裡，慢慢地談著走著，走上那座三角形的橫山東頂的時候，他們的談話，也恰好談到了他們兩人的以後的大計。

---

16 仔細察看。

「今天的我們的這一個秘密，只能暫時不公佈出來。第一總得先把那條董村的決議案辦了才行，徇私舞弊，不是我們革命的人所應作的事情。你們家裡的田產之類，確有霸占的證據的，當然要發還一部分給原有的人，還有一層，他們既經指控了你們父女的蒙蔽黨部，你自然要自動辭職，暫時避去嫌疑，等我們把這一件案子辦了之後，再來服務不遲……我的今天的約你出來，本意就爲了此。可是，可是，現在成了這樣的一個結局，事情倒反而弄僵了；我打算將這兒的黨務劃出了一個規劃之後，就和你離開此地，免得受人家的指謫。你今天回去，請你先把這一層意思對你兩老說一說明白，等案件辦了之後，我們再來提議婚事……」

董婉珍聽了他這一番勸告，心裡卻微微地感到了一點失望。明天假使馬上就辭了職，那以後見面的機會不就少了麼！父母的事情，財產的發落，原是重大的，可是和那些青年男子在一道廝混的那種氣氛，早出晚歸，從街上走過，受人側目注意的那種私心的滿足，還有最覺得不可缺的一件大事，就是這一位看去如磐石似的錢股長的愛撫，她現在正在想恣意飽受的當兒，若一辭了職，都向哪裡去求，哪裡去得呢！

錢時英看到了她的略帶憂鬱的表情，心裡當然也猜出了她的意思，所以又只能補充著說：

「作事情要顧慮著將來的，僅貪愛一時的安逸，沒入於一時的忘我，把將來的大事擱置在一邊，是最不革命的行爲。你已經不是小孩子了，這一層總該看得穿。」

一次強烈的擁抱，一個火熱的深吻，終於驅散了董婉珍臉上的愁雲。他們走到了蘭陰寺前，看到了衢江江上的斜陽，西面田野裡的積雪，和遠近的樹林村落上的炊煙，曉得這一天，日子已經垂暮，是不得不下山回去的時候了。兩人更依偎著，微笑著，貪看了一忽華美到絕頂的蘭陰山下大雪初晴的江村暮景，就從西頭的那條山腰大道，跑下了山來。

從橫山回頭的這一天晚上，卻輪著錢時英睡不著覺了，和昨天晚上的董婉珍一樣，他想起了在廣州的時候，和他同時受訓練的那位女同志黃烈。他和她雖然沒有什麼戀情愛意，但互相認識了一年多，經過了幾次共同的患難，才知道兩人的思想，行動以及將來的志願，都是一樣的。看到了董婉珍之後，再回想起黃烈來，更覺得一個是有獨立人格的女同志，一個是只具有著生理機構的異性，離開了現實的那一重欲情的關，把頭腦冷靜下來一比較，一思索，他在白天曾經感到過的那層後悔，又漸漸地漸漸地昂起了頭來。

婚姻，終究是一生所免不了的事情；可惜在廣州時的生活氣氛太緊張了，所以他對黃烈，終於只維持了一種同志之愛，沒有把這愛發展開去的機會。但當她要跟了北伐軍向湖南出發的前幾天，他在有一次餞別的夜宴之後，送她回宿捨去的路上，曾聽出了她的說話的聲音的異樣，她說：

「錢同志！我們從事革命的人，本來是不應該有這些臨行惜別的感情的，可是不曉怎麼，這幾天來，頻頻受了你們諸位留在廣州的同志的餞送，我倒反而變得感情脆弱起來了，昨晚上我就失眠了半夜。你有沒有什麼可以使我振作的信條，言語，或者竟能充作互勉互勵的戒律之類？」

現在在回憶裡，重想起了這一晚的情景，他倒覺得歷歷地反聽到了她的微顫著的尾音。可惜當時他也正在計劃著跟東路軍出發，沒有想到其他的事情的餘裕，只說了一句那時候誰也在說的豪語：「大家振作起精神，等我們會師武漢吧！」終於只熱烈地握了一回手，就在宿舍門口的夜陰裡和她分開了。以後過了幾天，他只在車站上送她們出發的時候，於亂雜的人叢中見了她一次面。

一個男子濫於愛人，原是這人的不幸；然而老受人愛，而自己沒有十分的準備，也是一件麻煩的事。現在到了這一個既被人愛，而又不得不接受的關頭，他覺得更加爲難了；對於董婉珍的這件事情，究竟將如何的應付呢？要逃，當然也還逃得掉；同志中間，對於戀愛，抱積極的兒戲觀念，並且身在實行的男女，原也很多，不過他的思想，他的毅力，卻還沒有前進到這一個地步；而同時董婉珍，也絕對不是這一種戀愛的對手。她實在還是幼稚得很的一個初到人生路上來學習冒險的人，將來的變好變壞，或者成人成獸，全要看她這第一次的經驗的反應如何，才能夠決定。

「也罷！還是忍一點犧牲的痛吧！將一個可與爲善，可與爲惡的庸人，造成一個能爲社會服務致用的鬥士，也是革命者所應盡的義務；既然第一腳跨出了之後，第二腳自然也只得連帶著伸展出去。更何況前面的去路，也還不一定是陷人的泥水深潭哩。」

想來想去，想到了最後，還是只有這條出路。翻身側向了裡床，他正想凝神定氣，安睡一忽的時候，大雲山腳下的民眾養在那裡的雄雞，早在作第一次催曉的長啼了。

五、藥酒杯

經過了鄉區黨部的一次查復，董玉林的這一起案子，卻出乎眾人的意料之外，很順當的解決了。原因是為了那些被霸占的原有業主，像阿德老頭之類，都已經死亡，而有些農民，卻因在鄉無業可守，早就隻身流浪到了外埠，誰也查不出他們的下落來。至於重利盤剝的一件呢，已被剝削者，手中沒有證據，也沒有作中的證人，事過勿論，還欠在那裡的幾戶，大抵全係小額，生怕以後有急有難再去向董玉林商借的不易，也不肯出來為難，只聽說利息可以全免，就喜歡得不得了；所以由黨部判定的結果，只將董玉林的田產，割出了幾十畝來，充作董村公立小學的學產，總算藉此以贖回了那個決議案的末一款，永遠不准他們重回老鄉的禁令。

健忘與多事的社會，經過了一個多月，大家早就把這件事情忘記了；於是辭職慰留，准請假一月的董婉珍，仍復上黨部去服務；急公好義，興學捐財的董善士，反成了縣城社會的知名之士；宣傳股長錢時英這時候也公然在董家作了席上的珍客，錢股長與董女士的革命不忘戀愛，戀愛不忘革命的精神，更附帶成了一般士紳的美談。

和煦的春風，吹到了這江岸的縣城，市外田裡的菜花紫雲英正開得熱鬧的時候，錢董兩人的婚議也經過了正式的手續，成熟到披露的時節了。

當結婚披露的那一天晚上，董家樓下的三間空屋，除去偏東的那間新房之外，竟掛滿了許多畫軸對聯，擺上了十桌喜酒，擠緊了一縣的黨政要人。先由證婚人的縣長致了祝詞，復由介紹人的那位婦女協會執行委員報告了一次經過，當輪到主婚人的董玉林出來講話的時候，他就公正廉明，陳述了他過去的經歷，現在的懷抱，和未來的決心。他說，自小就是一個革命者；他所關心的，是地方上的金融的調節，和善舉的勇爲。總理的遺教，他是每飯不忘，知行共勉的。有水旱災的時候，也曾散了多少多少的財，有瘟疫的年頭，他也施了多少多少的財，而本地的劣紳因妒生忌，因忌作惡，致有前一次的決議。他現在是抱定宗旨，要站在三民主義的旗幟下奮鬥革命的。中國的命脈，是在農工，他將來就打算拚他這一條老命，回到農村去服務，爲無力的佃農工人而犧牲。本來是只在村塾裡讀過三年書的這一位革命急就家，在這一天晚上，竟把錢時英和董婉珍教他的許多不順口的名詞說得頭頭是道，致使有幾個自上塘村和董村附近趕來吃喜酒的鄉親，大家都吐出了驚異的舌頭私下在說：「縣城眞是不得不住，玉林只在這裡耽擱不上半年，就曉得在縣長面前說這許多鄉下人所聽不懂的話了！」

中宵客散，新夫婦正在新床上坐下的當兒，這一位成了當晚的大英雄的岳父就踏進了新房來問今後的他們倆的打算：房飯錢每月擬出多少；婉珍的薪水，可不可以提高一點，仍復歸他們兩老去收用；遲早他總是要回董村去的，那裡的黨部，可不可以由他去包辦；此外的枝節問題還有許多，弄得正在打算將筋骨鬆動一下的錢時英，幾乎茫茫然失去了知覺。到底還是曉得父母的性質的董婉珍來得乖巧一點，看到了新郎的那一副難以應付的形容，就用了全力，將父親提出的種種難題，下了一個快刀斬亂痲的解決方法，她說：「今天遲了，爸爸！你也該去息息了；有什麼話，明天再談不好麼？」

結婚之後的董婉珍，處處都流露了她的這一種自父祖遺傳下來的小節的伶俐，她知道如何地去以最賤的價格，買許多好看耐用的衣料什物來裝飾她自己的身體，她也知道如何地去用她所有的媚態，來籠絡那些同事中的有勢力的人。在新婚的情陣裡，錢時英半因寵愛，半因省事，對於她的這些小孩子似的賣弄聰明，以及操權越級的舉動，反同溺愛兒女的父母一樣，時時透露了些嘉獎的默認；於是董婉珍的在家庭的習慣，在社會的聲勢，以及由這些反射而來的驕縱的氣概，與夫愚妄的自信，便很急速的養成，進步，終至於確立成了她的第二的天性。

她的第一件的成功，是他們倆的收入的支配；除付過了過分的房飯錢，使兩老喜歡得興高采烈，開銷了一切所必須的應酬衣飾費用，使錢時英生活過得安安穩穩之外，第一月在她手中就多出了一筆整款；這是錢時英自任事以來，從來也不曾有過的經驗。她的第二件的成功，是虐使傭人的巧妙；新做了主婦，她覺得不僱一個傭人，有些對父母不起，與鄰舍人家的觀瞻有關了。所以雖則沒有必要，她也上就近鄉下去招來了一個傭婦。對這一個鄉下傭婦的訓練，她眞徹骨的顯出了父祖所遺給她的天才。譬如早晨吧，在天還未亮，她自己起來大小便的時候，就要使了大喉嚨，叫這傭婦起來了；晚上則寧願多費一點燈油，以朋友當婚禮送給他們的一個鬧鐘作了標準，非要到十二點鬧打的時候，不准這傭婦去上床睡覺。後來因這鬧鐘鬧得厲害，致吵醒了他們夫婦的酣睡，她於大罵了一頓傭婦的愚蠢之外，還犧牲了一塊洋紗手帕作了包在這鐘蓋上的包皮。在日裡他們不在家的時候哩，她總要找些很費事而不容易作好的事情，如米麵裡挑選沙石秕子⑰，地板上拭除灰土泥痕之類的工作給她，使她不能有一分鐘的空；若在家哩，則她自己身上有一點癢，或肚裡忽而想到什麼，就要傭婦自動的前來服役。一步不到，或稍有遲疑，她便寧願請假在家，長時間的罵這愚蠢而不是父母養的鄉下婦人，使她到了地獄，也沒有個容身之處。

作外面的應酬哩，她卻比錢時英活潑能幹得多；對於上面或同等的人，到處總是她去結交，她去奉承的；但對於下級或無智的鄉愚之類哩，她卻又是破口便罵，一點兒也忍耐不得的股長夫人了。

所以結婚不上兩個月，董婉珍的賢夫人的令名，竟傳遍了遠近，傾倒了全縣。在這中間，錢時英反而向公共會場不大去拋頭露面，在行動上言語上很顯明的露示了極端慎重和沉默的態度；而一回到了私人的寓所，他和賢夫人也難得有什麼話講，只俯倒了頭，添了許多往返函電的草擬，以及有些莫名其妙的文字的撰述。

終於黨政中樞的裂痕暴露了，在武漢，在省會，以及江西兩廣等處，都顯示了動

17中空的穀粒。

搖，興起了大獄；本來早就被同志們訕笑作因結婚而消磨了革命壯志的錢時英，也於此時突然地向黨部裡辭去了一切的職務。

這一天的午後，當董婉珍正上北區婦女協會分會去開了指導會回來，很得意地從長街上去上自己家去的時候，兜頭卻衝見了臉色異常難看，從外面走來的錢時英。一看見了他的這一副青紫抑鬱的表情，她就曉得一定有什麼意外發生了，斂住了笑容，吊起了眉頭，她把嘴角一張，便問他要上什麼地方去。

「你來得正巧，我有話對你講，讓我們回去吧！」

聽了他這幾句吞吞吐吐的答辭，她今天在婦女分會場裡得來的一腔熱意與歡情，早就被他驅散了一半了，更那裡還經得起末尾又加上了半句他的很輕很輕的，「我，我現在已經辭去了……」的結語呢！

她驚異極了，先張大了兩眼，朝他一看，發了一聲回音機似的反問：

「你已經辭去了職？」

看到了他的失神似的表情，只是沉默著在走向前去，她才由驚異而變了憤怒，由憤怒而轉了冷淡，更由冷淡而化作了輕視，自己也沉默著走了一段，她才輕輕獨語著說：

「哼，也好罷，你只教能夠有錢維持你自己的生活就對！」

在這一句獨語裡，他聽出了她對他所有的一切輕蔑，憎惡，歹意與侮辱。說了這一句獨語之後，卻是她只板著冷淡的面孔，同失神似的盡在往前走著，而不得已仰起了頭彷彿在看天思索似的。他那雙近視眼，反一眼一眼的帶著疑懼的色彩向她偷視起來了。

兩人沉默著走到了家裡，更沉默著吃了晚飯，一直到上床爲止，還不開口說一句話。那個一向同豬狗似的被女主人罵慣的傭婦，覺察到了這一層險惡的空氣，慌得手腳都發抖了，結果於將洋燈移放上那面鬧鐘前去的時候，撲搭地一聲竟打破了那盞洋燈上的已經用白紙補過的燈罩。低氣壓下的雷雨發作了，女主人果然用了絕叫的聲音，最刻毒地喝罵了出來。

「×媽！×媽！×媽！你想放火麼？像你這一種沒有能力的東西，還要活在那裡幹什麼？你去死去，去死！我的楣都被你倒盡了！我，我，教我以後還有什麼顏面去見人？……」

話語雙關，句句帶刺，象這樣的指東罵西，她竟把她的裂帛似的喉嚨，罵到了嘶啞，方才住口。在樓上的她的父母弟弟，早就聽慣了這一種她的家教的，自然是不想出來干涉；晚飯之後，他們似乎很沉酣地已經掉入了睡鄉。錢時英死抑住心頭的怒火，在她的高聲喝罵之下，只偷偷地向丹田換了幾次長氣。十二點的鐘鬧了一陣，那傭婦幽腳幽手地摸上床去睡後，他聽見這一位賢夫人的呼吸，很均勻地調節了下去；並且興奮之後的疲倦，使她的鼾聲也比平常高了一段，錢時英到這時才放聲嘆了一口氣，向頭上搔耙了許多回。

同壙墓裡似的沉默，滿罩住了這所西南城小巷裡的樓屋。等到那一位傭婦的鼾聲，也微微的傳到了錢時英的耳畔的時候，他才輕輕地立起了身，穿上了便服，摸向了他往日在那裡使用的寫字臺的旁邊，先將桌上以及抽屜裡的信件稿冊，向地下堆作了一堆，更把剛才被傭婦敲破燈罩的洋燈裡的煤油，倒向了地下，他用稿紙捻成了幾個長長的煤頭紙結，擦洋火把它們點著了，黑暗裡忽而亮了一亮，馬上又被他的口息所吹滅，只在那一大堆紙堆的中間，留剩了幾點煤頭紙的星火似的微光。天井外的大門閂，輕輕響動了一下，他的那個磐石似的身體，便在烏灰灰的街燈影裡跑向了東，跑出了城，終於不見了。

大約隔了一個多禮拜的樣子，上海四馬路的一家小旅館裡，當傍晚來了一個體格很結實，戴著近視眼鏡，年紀二十五六歲，身材並不高大，口操安徽音，有點像學生似的旅客。他一到旅館，將房間開定之後，就命茶房上報館去買了這禮拜所出的舊報紙來翻讀；當他看到了地方通信欄裡的一項記載蘭溪火災，全家慘斃的通訊的時候，他的臉上卻露出一臉眞像是心花怒放似的微笑。

原載一九三五年十一月一日《文學》第五卷第五號

國家圖書館出版品預行編目（CIP）資料

沉淪：郁達夫小說選 / 郁達夫著 . -- 初版 . --
臺中市 : 好讀出版有限公司 , 2023.11

面； 公分 . --（典藏經典 ;147）
譯自 : The thirty-nine steps.

ISBN 978-986-178-689-6（平裝）

857.7 112016756

好讀出版

典藏經典 147

沉淪：郁達夫小說選

作　　者／郁達夫
總 編 輯／鄧茵茵
文字編輯／莊銘桓
封面設計／鄭年亨
發行所／好讀出版有限公司
台中市 407 西屯區工業 30 路 1 號
台中市 407 西屯區大有街 13 號（編輯部）
TEL:04-23157795 FAX:04-23144188 http://howdo.morningstar.com.tw
（如對本書編輯或內容有意見，請來電或上網告訴我們）
法律顧問　陳思成律師

線上讀者回函
獲得好讀資訊

讀者服務專線／ TEL：02-23672044 / 04-23595819#212
讀者傳眞專線／ FAX：02-23635741 / 04-23595493
讀者專用信箱／ E-mail：service@morningstar.com.tw
網路書店／ http : //www.morningstar.com.tw
郵政劃撥／ 15060393（知己圖書股份有限公司）
印刷／上好印刷股份有限公司
如有破損或裝訂錯誤，請寄回知己圖書更換

初版／西元 2023 年 11 月 15 日
定價：280 元

Published by How Do Publishing Co. ,LTD.
2023 Printed in Taiwan

ISBN 978-986-178-689-6